口入屋用心棒

身過ぎの錐

鈴木英治

双葉文庫

目次

身過ぎの錐　口入屋用心棒

第一章

一

福《ふく》の八千六百七十九。

平川琢ノ介《ひらかわたくのすけ》は息を詰めて、一枚の紙の札を凝視した。

喉《のど》が渇き、胸が痛い。膝ががくがくする。

手のうちにあるのは、福という印がついた富札《とみふだ》である。湯島天神《ゆしまてんじん》の富札にはもう二種類あり、それらには禄《ろく》と寿《ことぶき》の印がついている。

福禄寿は、湯島天神の発行する富くじであることを示している。番号はもうそらんじているから見直す必要はないのだが、どうしても目がいってしまう。

湯島天神では、富くじが毎月行われているが、そのなかでも二十一日にひらかれる大富と呼ばれるものは年に四回だけである。二月、五月、八月、十一月に催され、この四回に限っては、湯島天神が主催となった。

一月、四月、七月、十月は四日と六日が開催日で、三月、六月、九月、十二月は十九日である。これらの十二回は、他の寺が湯島天神の境内《けいだい》を借りて富くじ興行を行っている。

さすがに湯島天神主催の大富だけのことはあり、他の十二回は最高の賞金が百五十両や百両であるのに対し、こちらは三百両なのだ。

老若男女を問わず、数え切れないほどの人たちが境内に詰めかけている。町人、百姓がほとんどだが、なかには武家らしい者の姿もちらほらと混じっている。冷たい風が吹き渡っているが、それをものともしていない。というより、寒さを感じていないのだろう。

琢ノ介と同じように、誰もが富札をしっかりと手にしている。当たりを願う人たちでびっしりと埋め尽くされているというのに、今の湯島天神には、雪が積もった朝のような静寂のとばりが下りている。

正面の拝殿前には、がっちりとした手すりが設けられている。群衆がその手すりの向こうに立つ神官に、火矢のように熱く鋭い眼差しを注いでいる。唇をしきりになめている者も目につく。

なにしろ、今から突かれようとしている木札は、突留《つきどめ》と呼ばれる最後の百番目の札なのだ。緊張するな、というほうが無理だろう。神官の手には長い錐《きり》が握られている。

当たってくれ、頼む。

琢ノ介は懸命に祈った。この日のために十日前から酒を断ち、摂生《せっせい》に努めた。あまり食べ過ぎないようにもした。おかげで少しやせたらしく、身のこなしが前より軽くなった。

おあきと祥吉《しょうきち》も両手を合わせ、目を閉じている。おあきは、なにか念仏のようなものを唱えている。ここは神社だから念仏はどうかと思うが、神社のなかに寺があったりするから、別にかまわないのだろう。

今のところ、摂生に努めたその効き目は出ていない。

三百両を手にできる一之富《いちのとみ》は、あっけなく外れた。二之富の二十両、三之富の十六両も当たらなかった。五両が当たる十番、二十番、三十番、四十番の節《ふし》と呼ばれる札も駄目だった。三十五両の賞金の五十番札も、願いはかなわなかった。六十番、七十番、八十番、九十番の節も当たりには結びつかなかった。九十八番札の二十両、九十九番札の三十両も、ため息が口をついて出ただけだ。

百番目札の突留は、一之富の三百両には及ばないものの、当たれば、他の富くじなら最高額ともいえる百両を我が物にできる。

お願いだ、当たってくれ。

琢ノ介は再び念じた。手に力がこもり、富札がくしゃくしゃになってしまいそうだ。琢ノ介は手から力を抜いた。手のひらに汗をじっとりとかいている。

富くじを買ったのは、自分のためではない。おあきや祥吉になにか買ってやりたかったのだ。この世に神さまがいるのなら、こういう殊勝な考えの者を見捨てるはずがない。

祥吉の手が、琢ノ介の右の手のひらに触れた。琢ノ介はしっかりと握った。すぐに、おや、と思った。琢ノ介の横にいるのはおあきなのだ。見ると、おあきの手が琢ノ介の手とつながっていた。どきりとしたが、おあきは素知らぬ顔で、拝殿の神官を見つめている。

あまりに急なことで鼓動がどくんどくんと打ちはじめたが、台の上に乗った神官がやおら錐を高く持ち上げたのが目に入り、おあきと手をつないでいることを一瞬、頭の片隅に追いやった。

神官が、大きな木箱に錐を一気に突き入れた。どす、とくぐもった音がかすかに響く。

琢ノ介は息をのんだ。おあきと祥吉が目を大きくあける。他の者たちからも、あっ、とかすれた声が次々に出る。

木箱には錐が通るように小さな穴がうがたれ、なかには福、禄、寿の字とともに番号が記された木札がどっさり入っている。

神官の横にいた役人が素早く木箱の蓋《ふた》をあけ、一人が錐に刺さった木札を外して高々と掲げた。すぐさま番号が読み上げられる。

「福の――」

それだけで大勢の者から嘆声が漏れた。この時点で、すでに三分の二の者が外れたことになる。

一方、残りの三分の一の者たちは拳を突き上げ、大きな歓声を上げた。口笛を吹く者もいる。

琢ノ介も、よし、いいぞ、と心のなかで躍り上がった。第一の関を通ることができたのはなによりである。

「八千、六百、七十……」

読み上げ役が一語一語区切って告げてゆく。

な、なんと。

琢ノ介の胸は、息ができないほどに苦しくなった。おあきが右手で胸を押さえ、祥吉も唇を震わせている。

頼む、九と言え、言ってくれ。

琢ノ介は念じた。お願いだ。九と言ってくれれば、毎日賽銭《さいせん》を投げに来てもよい。

だが、読み上げ役の口がなかなか動かない。次の数字が耳に届くまで、永遠のように感じられた。

「――八」

ああっ。琢ノ介は思わず天を仰いだ。全身から力が抜ける。おあきもうなだれた。祥吉も残念そうな顔をしているものの、どうしてか、くりっとした瞳は輝きを帯びている。

あー、という声がいっせいにあがり、境内に残った者たちがうつむいた。富札がばらまかれ、紙吹雪となって散ってゆく。

琢ノ介は境内を見回してみたが、当たったあ、と大声を発して跳び上がる者はどこにもいない。もっとも、下手《へた》に高額の富くじが当たったのが知れると、同じ長屋の者や友垣《ともがき》、知人に大盤振《おおばんぶ》る舞《ま》いをしなければいけなくなる。それを避けるために、当たったことを隠そうとする者が多いと聞く。

また外れかあ、めげずに次もがんばろうぜ、あきらめたらそれで終わりだからよ、などと言い合いながら、群衆がぞろぞろと散り出した。

立錐《りっすい》の余地もないほどに埋まっていた境内は、寒風に押し出されるようにすでに閑散としはじめている。

「うーむ、ただの一番ちがいだったか」

うなるようにいった琢ノ介はそれ以上、声が出ない。

「ほんと、もうちょっとでしたね」

おあきも落胆の色を隠せない。二人は手をつなぎ合ったままだ。琢ノ介はそのことがうれしくて、つかの間、富くじが外れたことを忘れた。

「つまりは、働かざる者食うべからず、ということだな。楽をして金を得ようという魂胆《こんたん》がいかんのだ」

「琢ノ介おじさん」

祥吉が見上げている。はっとして、おあきがあわてて琢ノ介の手を放す。琢ノ介は残念だったが、少しのあいだだけでも手がつなげたことを、よしとするしかない。

「両袖《りょうそで》が当たっているよ」

「なんだ、両袖って」

なんとなく当たるような気がし、二朱を出して富くじを買ったのは今回が初めてで、琢ノ介は仕組みをよく知らない。おあきも、この子はなにをいっているのかしら、という顔をしている。

「おじさんの札は福の八千六百七十九で、当たりは福の八千六百七十八だよ。一番ちがいのことを、両袖というんだよ。おじさんと八千六百七十七の人も当たりだよ」

「なんだって」

琢ノ介は祥吉をにらみつけるようにした。

「い、いくらもらえるんだ」

「多分、十両だよ。うまくすると二十両かもしれないけど」

「ええっ」

頓狂《とんきょう》な声を上げたのはおあきである。

「そんなにもらえるの」

うん、となんでもないことのように祥吉が顎《あご》を小さく動かした。

「祥吉、まちがいないの」

「まちがいないと思うよ」

「すごいわ」

おあきがぴょんぴょんと跳びはねる。

「祥吉、どこでもらえるんだ」

琢ノ介は、落ち着けと自らに命じながらたずねた。

「社務所《しゃむしょ》に行けばいいんじゃないのかな」

「よ、よし、さっそく行こう」

琢ノ介はおあきと祥吉の手をつかみ、社務所に走るように向かった。


ほくほく顔である。

普段通りにしようとしても、どうしてもにやけてしまう。寒さはまったく感じない。

両袖の賞金は、二十両だった。神社への奉納金として二両、神官たちへの礼金で一両、来月に行われる富札八枚を買わされて一両。合計で四両が引かれ、手元に残ったのは十六両だが、琢ノ介は有頂天《うちょうてん》である。

もちろん百両が当たればいうことはなかったが、十六両でも御の字《おんじ》だ。なんといっても、一年は遊んで暮らせる額なのである。

おあきと祥吉の足取りも弾んでいる。三人は琢ノ介を中心にして手をつないで歩いている。はた目には本物の親子のように見えているであろうな、と琢ノ介は満悦である。それにしても、こんなにたやすく大金を手に入れられるなど、なんと運がよいものか。まじめに働く気が失せる。

初めて買った富くじで二十両が当たるとは、わしはとんでもない強運の持ち主かもしれぬ。このまま富札だけを買っていけば、働かずともずっと安楽に暮らしていけるのではあるまいか。

「さあて、この十六両、なにに使うかな」

琢ノ介はおあきと祥吉に目を当てた。

「二人とも、なんでもほしいものを買ってあげよう」

「ほんとう」

祥吉が喜びの声を上げ、きいてくる。

「琢ノ介おじさん、なんでもいいの」

「ああ、なんでもよいぞ」

「文机《ふづくえ》を買ってあげてください」

おあきがきっぱりという。

「この子も来年からは、手習《て》所《ならいじょ》に通わなければいけないので」

「承知した。お安い御用だ」

「ええー」

祥吉が抗議の声を出す。

「ほかのがいいよ」

「祥吉、学問は必要だ。特に若い頃にきちんとやっておかねば、まっとうな大人になれぬからな。文机はぜひともわしが責任を持って買おう。ほかにほしいものがあれば、いうがよい。おっかさんの許しがおりれば、買ってあげられるゆえ」

「なにがいいかなあ。おっかさんが許してくれる物じゃないと駄目なんだよね」

祥吉が眉《まゆ》を寄せて考え込む。頰《ほほ》をふくらませて、真剣な目をしている。そんなさまが、琢ノ介にはかわいくてならない。

「祥吉、別に急がずともよい。じっくり考えよ」

米田屋《よねだや》が見えてきた。暖簾《のれん》が風にやわらかく揺れている。

「ねえ、おじいちゃん、二十両が当たったことを喜んでくれるかな」

祥吉が琢ノ介の手を強く握っていう。光右衛門《みつえもん》の具合がよくないことに、小さな胸を痛めているのだ。

「そりゃ喜ぶだろう」

「おじいちゃん、よくなるといいね」

「二十両も当たったと聞いたら、よくなるに決まっているさ」

「そうだよね」

自分に言い聞かせるように祥吉がいった。

三人は暖簾をくぐった。土間に客の姿はなく、帳場格子《ちょうばごうし》のなかでおきくがぽつねんと座っていた。火鉢が置いてあるようで、そこだけ明るくなっている。ほんのりとした明かりに照らされたおきくの顔がどことなく暗い。まさか米田屋になにかあったのではあるまいな、と琢ノ介は不安になった。

「おきくねえちゃん、ただいま」

「お帰りなさい」

おきくが裾《すそ》を押さえて立ち上がる。明るい笑顔である。なにもなかったのが知れ、琢ノ介はひそかに安堵の息をついた。

ようやく琢ノ介も、双子の姉妹であるおれんとおきくの見分けがつくようになってきた。顔貌《かおかたち》で判別しようとしても無理なので、全身の雰囲気で区別をつけようと決めたら、なんとなくわかってきたのである。

二人とも楚々《そそ》としているが、よりたおやかなのはおれんのほうで、おきくはほんの少しだけかたい感じがする。決して女らしくないという意味ではなく、おれんと比べたら、わずかにきりっとしているのだ。武家娘に通ずるものがあり、このあたりに直之進《なおのしん》は惹《ひ》かれたのかもしれない。

三人を出迎えたおきくが祥吉に目をとめた。

「なにかいいことがあったみたいね」

祥吉がにこっとする。

「さすがだね、おきくねえちゃん。なんだと思う」

おきくの顔に期待の色が宿る。

「もしかして、当たったの」

「うん、当たったんだよ」

「ええっ、本当に。いくら当たったの。まさか三百両じゃないでしょうね」

「残念ながら一之富じゃなかったんだよ。最後の突留の両袖が当たったんだ。それでも二十両だよ。琢ノ介おじさんはすごいよ」

「へえ、二十両も当たったの。本当にすごいわ。おねえちゃん、やったわね」

おきくがおあきに目を当てる。

「すごいのは平川さまだけど、私も跳びはねちゃった」

おあきも満面の笑みである。やわらかであたたかかった手のひらの感触がよみがえり、琢ノ介は幸せな気持ちになった。

「いろいろと引かれて、平川さまの手元にあるのは十六両だけど」

「十六両でもすごいわ。そんな大金、私、一度も見たことないもの」

「私も初めてよ。ずっしりと重いの。びっくりしたわ」

「ねえ、おきくねえちゃん。おじいちゃんは寝てるの」

祥吉が瞳をきらきらさせてきく。

「ううん、起きているわよ。今日は具合がいいみたい」

「そいつはよかった」

琢ノ介は心の底から口にした。

三人で光右衛門の寝所《しんじょ》に向かう。

「おじいちゃん」

祥吉が腰高障子《こしだかしょうじ》に声をかける。

「祥吉か。お入り」

祥吉が腰高障子を静かに横に滑らせる。行儀がよいだけでなく、病人を思いやる心があることに琢ノ介は感心した。

おきくのいう通り、光右衛門は起きていた。火鉢に火が入れられ、部屋のなかはそこそこあたたかい。薬湯《やくとう》のにおいが漂っている。

文机の上に紙が置かれているのに、琢ノ介は気づいた。書物を読んでいたのではなく、なにか書き物をしていたようだ。布団はたたまれ、隅に置かれている。

「平川さま、当たったそうですな」

目を細めて光右衛門がいった。

「おっ、聞こえたか」

「そりゃもう。誰に似たのか、祥吉の声は大きいですからね」

「おぬしだろう。なにしろ地声がやたら響くものな。体が弱っている者は声がろくに出なくなるというが、その点でいえば、おぬしはまだまだ大丈夫だ」

「さようですか」

光右衛門が顔をほころばせる。その笑顔がずいぶん優しげになっている。好々《こうこう》爺《や》そのものだ。米田屋にはこのような笑顔は似つかわしくないな、と琢ノ介は感じた。

今日に限っていえば光右衛門の顔色はよいが、もちろん以前の壮健だった頃ほどではない。前は薄く油を塗ったかのようにつやつやしていた。今は潤いがまったくなく、肌がかさついている。骨太だった体も、少し厚みがなくなってきつつあるようだ。あまり食べていないのかもしれない。

「いくら当たったのです」

光右衛門がきいてきた。

「額は耳に届かなかったか」

琢ノ介はぐっと胸を張り、告げようとした。

「二十両だよ」

祥吉が横からいい、琢ノ介は苦笑を漏らした。なにか梯子《はしご》を外されたような気分だ。

「二十両ですか。すごいですなあ」

光右衛門が感嘆する。くっきりと深くなった目尻のしわが、どす黒い翳《かげ》のように見えて琢ノ介は心が湿った。自らを励ますように、できるだけ元気のよい声を出す。

「生きていれば、こんな幸運が降ってくることもあるのだなあ」

光右衛門の瞳に不安の色が垣間《かいま》見えた。

「どうした」

光右衛門がゆっくりとかぶりを振った。

「いえ、なんでもありません。平川さま、そのお金はなににお使いになるのです」

琢ノ介はにやりとした。

「そいつはいえぬ」

琢ノ介には考えがあった。光右衛門のためになることだが、まだ本人には秘しておきたかった。

二

平伏した。

「直之進、そのようにしゃちほこばることはない。面《おもて》を上げよ」

優しげな声が降ってきた。わずかに甲高《かんだか》いが、決して耳障りではない。

湯瀬《ゆせ》直之進は控えめに顔を上げた。一段上がった場所で、ほっそりとした顎を持つ男が脇息《きょうそく》にもたれ、穏やかな目で見つめていた。

土井《どい》宗篤《むねあつ》。下総古河《しもうさこが》で八万石を領する土井家の当主である。

「直之進、息災《そくさい》にしていたか」

「おかげさまにて」

直之進は顎を引いた。

「大炊頭《おおいのかみ》さまもご壮健にあらせられ、なによりでございます」

「うむ、そなたのいう通りだ。余の体調はすこぶるよいぞ」

宗篤が弾んだ声を出す。

「これも、そなたの力添えのおかげだ」

直之進は首を横に振った。

「いえ、それがしはなにもしておりませぬ」

宗篤が微笑する。

「謙遜《けんそん》するでない。そなたのおかげで、我が家は改易《かいえき》をまぬがれた。礼を申す」

「ありがたきお言葉にございます」

直之進は再びこうべを垂れた。

「すべてはそなたの示してくれた厚情のおかげだ。もしそなたがいなかったら、我が家は取り潰しになっていたに相違ない。もちろん、そなたの主君である真興《さねおき》どののお口添えのおかげでもある」

尾張徳川家から土井家に養子に入った宗篤に幼い頃から仕えていた石添兵太夫《いしぞえへいだゆう》は、宗篤の名君としての資質を特に買っていた。宗篤がいずれ幕府の要職に就くと確信した兵太夫は、将来、宗篤の政争相手になりかねない真興を邪魔者と見、この世から除こうとした。

その陰謀には、員弁《いなべ》兜太《とうた》という隻眼《せきがん》の遣い手も絡《から》んでいた。兵太夫と兜太は尾張において、同じ剣術道場で修行した仲間だった。

兜太に襲われて真興が九死に一生を得る場面もあったが、兵太夫の企ては、直之進の八面六臂《はちめんろっぴ》の活躍で粉砕することができた。

沼里《ぬまざと》七万五千石の当主の命を狙ったにもかかわらず、兵太夫の切腹だけで土井家が取り潰しの危機を回避できたのは、すべて兵太夫の独断だったことに加え、宗篤や土井家自体に罪はないことを、真興が老中に言上したのも大きかったのである。

もともと土井家が譜代の名門であることも、取り潰しを避けることができた要因だったはずだ。土井家には減知《げんち》すらなかったのである。

宗篤が姿勢をあらため、直之進を見つめる。

「そなたを呼んだのはほかでもない」

次になにをいわれるか、直之進には見当がついている。

「直之進、このまま剣術指南役を続けてほしいのだ」

案の定だ。直之進は迷った。この屋敷にやってくる前は、断ろうと決めていた。だが、宗篤の顔を目の当たりにしてしまうと、どうしても決意は鈍る。

——どうすればよい。

なんのこだわりも見せずに指南役をつとめ続けることは、できぬことではない。表向きだけなら、さほどむずかしいことではないように思える。

だが、直之進が土井家の剣術指南役になったのは、勘定奉行の枝村伊左衛門《えだむらいざえもん》の家臣である登兵衛《とうべえ》の依頼によってだった。

土井家に公儀に対するきな臭い動きがあり、もし尾張徳川家が絡んでいるようなことがあれば、看過《かんか》できそうにないと登兵衛らが探索を開始したのだ。直之進は、登兵衛配下の和四郎《わしろう》を手助けするため、剣術指南役として土井家にもぐりこんだにすぎない。

もともと土井家に入った理由は探索のためだ。尾張徳川家が無関係であることが判明し、兵太夫が切腹してすべてが落着したとはいえ、なにもなかった顔をして指南役を続けられるほど、直之進の面《つら》の皮は厚くない。

やはりここは断るしかない。直之進は腹を決めた。

顔を上げて、はっとした。宗篤が泣き笑いのような顔をしている。その表情にあらわれている深い悲しみに胸を衝《つ》かれた。

「直之進は断るのだな、と思うたら、涙がこぼれてきおった。笑い飛ばそうとしたが、うまくいかなんだ」

直之進は両手を畳にそろえた。

「申し訳ございませぬ」

宗篤が深く息をつく。

「謝ることはない。これまでのいきさつを考えれば、そうするのが当たり前だ。正直いえば、余は指南役などどうでもよいのだ。余はそなたに、そばにいてもらいたかった。そなたのような男がおれば、どんなに心強かろう」

直之進は宗篤の孤独を思った。宗篤は尾張から養子としてやってきて、兵太夫という寵臣《ちょうしん》を失ったばかりだ。聡明とはいえ、まだ二十歳の若さである。心細くないはずがない。宗篤の力になれたらと思うが、今の自分にできることはない。

気持ちを入れ直したように、宗篤がほほえみを浮かべた。

「考えてみれば、そなたの主君は真興どのだ。そなたが余に仕える義理はない。忠臣は二君に仕えずともいうしな」

直之進はまたひれ伏した。涙がこぼれそうになっている。

「直之進」

「はっ」

宗篤がじっと見ているのがわかる。

「いや、なんでもない」

しばらく沈黙の風が流れた。

「そなた、真興どのからも沼里に戻ってほしいといわれておるのではないのか」

よくおわかりになるものだ、と直之進は感心した。

「おっしゃる通りにございます。それがしなど、なんの能もありませぬのに」

「確かに、すぱりと切れる頭はない」

宗篤が断じる。

「だが、じっくりと粘り強く考え、あきらめることを知らぬ。なにごとにも正面から立ち向かい、決して逃げぬ。小賢《こざか》しく、腰の弱い者はいざとなったら、逃げることと、責任を他者に押しつけることを考える。だが、そなたはそのような真似をせぬ。最も信頼できる男といえよう。別に余が大名でなくとも、そのような者にそばにいてほしいのは至極当然のことだ。真興どのは実によい家臣をお持ちになったものだな。うらやましいぞ」

「大炊頭さま」

直之進は遠慮がちに声を出した。

「おほめが過ぎるように存じます」

宗篤が快活に笑う。

「そんなことはない」

きっぱりという。顔に吹っ切れたような色が浮かんでいた。

「それで、直之進。どうする気だ。江戸を離れ、沼里に戻るのか」

「まだ答えは出ておりませぬ」

「確かにむずかしいな。余が助言できたらよいが、こればかりはそなたが決めることだ」

宗篤のいう通りだ。

「ところで直之進、余のなすべきことがわかったぞ」

直之進は宗篤に真剣な目を当てた。

「はて、どのようなことでございましょう」

「まず一つ目は古河という地を民が終生、安気《あんき》に暮らせる地にすることだ。誰も飢えることなく、いつも笑っていられる土地にする」

すばらしい考えだな、と直之進は思った。民が豊かになれば、その上に立つ大名家も自然に余裕ができてくる。ゆとりがあれば、物事は自然にうまく回る。

似たようなことは、真興もいっていた。

いうは易《やす》く、行うは難《かた》し。このことは宗篤もよくわかっていよう。それでも、土井家の若きあるじは立ち向かおうとする気概に満ちている。その心構えを持たぬ者に、理想をうつつにすることはできない。

将来、宗篤と真興が力を合わせて日《ひ》の本《もと》のための政《まつりごと》を行えば、この国は生まれ変わるのではないか。

「二つ目は、そなたのような家臣を育てることだ。そなたという男を、楽をして手に入れようとしたのがいかぬ。真興どのや沼里家がそなたを育てられたのだろう。ならば、余も同じことをすればよい。どうだ、直之進、この考えは」

「大炊頭さまならば、それがしなど比べものにならぬお人を育てられるものと思います」

「そうなればよいが、人を育てるというのは、とてもむずかしいらしいからの。だが、余はきっとやり抜くつもりだ」

宗篤ならば、必ずできよう。

「直之進、暇を見つけてまた遊びに来てくれ。余の話し相手になってほしい。それと、剣術も教えてくれ」

宗篤が剣術好きなのを直之進は思い出した。

「承知いたしました。必ずおうかがいいたします。大炊頭さま、それがしの都合などお考えにならず、お気軽にお呼びください」

「うれしい言葉だ。きっとそうしよう」

直之進は宗篤の前を辞した。そうなのだ、と思った。大炊頭さまの顔を見たくなれば、自分がまたこの屋敷に来ればよい。そうすれば、大炊頭さまも呼びやすくなるだろう。

長い廊下を、土井家の家士の先導で歩いた。

不意に、背後に人の気配を感じた。足音を殺し、するすると歩み寄ってくる。玄関で両刀を預けたこともあり、直之進は身に寸鉄《すんてつ》も帯びていない。

「覚悟っ」

甲高い声が放たれ、背後から鋭く風を切る音がした。直之進は体をひるがえし、迫ってきた風を軽々とかわした。

直之進を狙った男の腕をがっちりとつかむ。男は身動きがかなわなくなった。

「あっ」

直之進の口から声が漏れた。家士も驚いている。そこにいたのは、ついさっき別れたばかりの宗篤だった。苦笑している。

「やはり直之進は強いの」

宗篤の手に握られているのは竹刀《しない》だった。はっとして、直之進は宗篤の腕を放した。

「大炊頭さまと気づかず、ご無礼をいたしました」

「なに、よいのだ」

大名の割に力強い腕をしているが、鋼《はがね》のような筋肉とはいいがたい。まだまだ鍛える余地があることを直之進は知った。

「余でも不意を衝けばなんとかなるかと思うたが、甘い考えであった」

直之進は控えめにうなずいた。

「直之進、余の腕はこの程度だ。どうだ、鍛え甲斐があろう」

「はっ、はい、おっしゃる通りにございます」

直之進は飾ることなく答えた。

宗篤が直之進の肩を軽く叩いた。

「では直之進、これでな。また会おう」

竹刀を肩に置き、廊下を歩み去ってゆく。

なかなかたくましいお方ではないか。

この分なら、と直之進は思った。土井家の舵取《かじと》りについて、なんの心配もあるまい。

三

土井家の上屋敷を出た足で直之進が向かったのは、田端《たばた》にある登兵衛の屋敷である。

登兵衛から、一度足をお運びください、といわれており、今日の昼前でよいだろうか、と直之進はこの前、長屋を訪れた和四郎にきいてあった。登兵衛からは、その日に是非ともお越しください、と返ってきた。

それにしても風が冷たい。そうはいっても、江戸の寒さにはだいぶ慣れた。寒すぎて以前は震えが止まらなくなることもあったが、今はさすがにない。人の体というものは、なんだかんだいっても、住んでいる場所の気候に親しんでゆくのだと、つくづく実感する。

田端までの道中、真興からの頼みをどうするか、直之進は懸命に考えた。

おきくとともに沼里に行くか。

それとも江戸にこのままとどまるか。その際は、いま真興からもらっている三十石の禄は返上することになろう。

気持ちとしてはどうなのか。どうしたいのか。江戸で暮らしているほうが、ずっと気楽なのは事実だ。沼里に戻れば、昔の堅苦しい暮らしが待っているだろう。武家の暮らしはそれはそれでいいところもあるのだが、やはりとても人らしいとはいえないことが、江戸での生活が長くなるにつれ、わかってきた。

だからといって、真興さまの頼みを断ってよいのか。真興さまは、そばにいてほしい、と思いつきで口にしたわけではなかろう。熟慮の上でいったはずだ。それをあっさりと断れるのか。

——できぬ。

となると、沼里に戻るしかないのか。それもどうだろう。江戸でも、もはや義理を欠くことのできない知己《ちき》が大勢できた。身が二つあればと思う。だが、これはいくら考えても詮《せん》ないことだ。

どうすればよい。うなるような気持ちで頭をめぐらせるが、これといった答えは出てこない。

そうこうするうちに、見覚えのある屋敷が視野に入り込んできた。

——ここまでだ。直之進は思案を断ち切った。この件については考えるたびに、常に先送りになっている。たやすく決断を下せる事柄ではないだけに、致し方なかった。

足を速めようとして、直之進ははっとした。いま子供の泣き声を聞いたような気がしたからだ。

空耳ではない。確かに聞こえた。

どこだ。直之進は首を回した。

――いた。四十間ほど離れた左側の林だ。まだ幼い二人の子供が立ちすくんでいる。その前にいるのは、一匹の黒い犬だ。遠目でも、かなり大きい犬であるのがわかる。二人を威嚇《いかく》するようになっている様子だ。

――もしあの子たちが嚙みつかれたら。

直之進は駆け出した。

必死に足を動かすが、なかなか距離が縮まらない。今にも犬が子供に飛びかかりそうに思え、はらはらした。

「おい、犬っ。こっちだ」

走りながら直之進は大声を発した。だが、犬の目はこちらに向かない。

あと五間ほどになってようやく犬が足音に気づき、さっと直之進のほうに向き直った。

歯をむき出しにし、低いうなり声を上げている。獰猛《どうもう》そうな口から、よだれがだらだらと垂れている。目やにで目が潰れていた。

それにしても、と直之進はあきれた。本当に大きな犬だ。後ろ足で立ち上がれば、こちらの肩に牙が届くのではないか。目方は十貫では利かない。毛づやは悪いが、足はがっしりとして筋肉がたくましく張っている。

噛まれたら、大人でもただでは済まないだろう。年寄りなら、噛み殺されかねない。いざとなれば刀を使うしかないかもしれないが、できるならそういう真似はしたくない。直之進は気持ちを落ち着けるために深く息をついた。

「犬。おまえはなんという名だ」

人に対するかのように語りかけた。

「飼い主はどこだ。こんなところにいないで、家に帰れ」

だが、犬はうなり続けている。犬の扱いはよく知らない。優しくいっているだけでは、どうやら駄目そうだ。

「この場を去れ。さもなくば斬る」

直之進は全身に殺気をみなぎらせた。犬がかすかに後ずさった。二人の子供も驚いたように直之進を見つめている。

「行け。行くんだ」

直之進は語気を強めた。犬が困ったような顔になり、やがてくーんと甘えるように鼻で鳴いた。

「行けっ」

直之進がとどめのようにいうと、犬はしっぽを垂らした。ちらりと二人の子供を見たが、ゆっくりと前足を動かし、歩きはじめた。まだ油断はできないが、さすがに直之進の緊張の糸がわずかにゆるむ。

黒い犬はとぼとぼと歩いて、ゆるやかに曲がっている道の向こうに姿を消した。

直之進は息をついた。肩から力が抜けた。背筋がこわばっている。

「大丈夫か。怪我はないか」

二人の子供が、がくがくと顎を上下させる。青ざめているものの、血の気は戻りつつある。二人とも男の子で、背丈からしてどうやら兄弟のようだ。六歳と四歳くらいか。

直之進は腰を折り、目の高さを同じにした。

「今の犬はこのあたりで飼われているのか」

二人がそろって首を振った。

「初めて見たのか」

「そう」

兄のほうが声を出した。

「とにかくよかった。俺は行くが、大丈夫か」

「うん、おじさん、ありがとう」

直之進は腰を伸ばした。

「では、これでな。気をつけて帰れ」

急ぎ足で歩きはじめた。振り返ると、二人の男の子の姿はどこにもなかった。

登兵衛の別邸の門前に立ち、訪《おとな》いを入れる。門がひらき、和四郎が出てきた。にこやかな笑みを見せる。

「湯瀬さま、よくいらっしゃいました。お待ちしておりました」

「うむ、お言葉に甘えさせてもらった」

和四郎がじっと見ている。

「湯瀬さま、なにかございましたか」

直之進は犬のことを説明した。

「犬でございますか。いえ、手前は湯瀬さまがどこか元気がないようにお見受けしたものでございますから」

直之進はどきりとした。まだ真興のことを引きずっていたということか。にこりと笑ってみせたが、かたい笑顔になったのが自分でもわかった。

「いや、なにもないさ」

さようでございますか、と和四郎がいった。

「それならばけっこうでございます。あるじも待ちかねております。湯瀬さま、お入りください」

なかに招き入れられた直之進は、玄関を通って座敷に案内された。

ここは風の通りがよく、夏は実に気持ちのよい座敷だが、今は腰高障子がしっかりと閉じられ、大火鉢が二つも置かれていた。おかげで部屋はぬくぬくとあたたかい。これだけあたたかいと、さすがにほっとする。

座敷には登兵衛ともう一人、侍が正座している。角張った顔にきりっと濃い眉、切れ長の目、高い鼻、引き締まった口がのっている。これは誰だろうか、と直之進は思わなかった。おそらく登兵衛の上司である勘定奉行の枝村伊左衛門であろう。

「湯瀬さま、お寒いなか、お越しいただき、まことにありがとうございます」

登兵衛がこうべを垂れる。

「いや、こちらこそ、お招きいただき、畏《おそ》れ入る」

「湯瀬さま、どうぞ、お座りください」

登兵衛にいわれ、直之進は正座した。登兵衛が隣の侍を紹介する。

「もう見当がおつきのようでございますが、こちらが我があるじ枝村伊左衛門さまにございます」

「湯瀬どの、お初にお目にかかる」

響きのよい声でいって、伊左衛門がていねいに頭を下げる。直之進は畳に両手をそろえ、辞儀を返した。

「湯瀬直之進と申します。それがし、枝村さまには以前より、一度お目にかかりたいと思うておりもうした」

「うむ、それはわしも同じだ」

伊左衛門は五十すぎか。体ががっちりとし、肌色がよい。いかにも健《すこ》やかで、意志の強そうな瞳が光っていた。

「登兵衛、さっそく用件に入ってもよいか」

登兵衛が伊左衛門にうなずいてみせる。

「はい、よろしゅうございましょう」

伊左衛門が直之進を見つめる。

「今日、そなたに足を運んでもらったのは礼をしたいからだ」

「礼でございますか」

「平たくいえば、褒美《ほうび》だな。こたびの件で、そなたは実によい働きをしてくれた。ことが穏便《おんびん》に落着したのは、なんと申しても、そなたの力が大きい。老中首座の水野《みずの》伊豆守《いずのかみ》さまも、是非ともそなたに礼をしたいとのことであった」

「さようでございますか。うれしゅうございます」

直之進は本心を告げた。人というのは、やはりほめられるとうれしいものだ。また力を貸してほしいといわれれば、進んでやろうという気になる。

伊左衛門が身を乗り出す。

「湯瀬どの、なにか望みはあるかな。こちらでできることであれば、なんでもかなえられるはずだ」

直之進はほとんど考えなかった。

「ならば、申し上げます」

伊左衛門の顔をまっすぐに見つめた。

「腕のよい御典医を紹介していただきたく存じます」

「御典医とな」

伊左衛門が意表を衝かれた顔をする。横で登兵衛も怪訝な顔をする。和四郎も、えっという表情になっている。

「あの、湯瀬さま。どこかお体の具合が悪いのでございますか」

　直之進はかぶりを振った。

「登兵衛どの、そうではない。米田屋の具合がよくないのだ。いま診てもらっている医者が悪いとはいわぬが、別のもっと腕のよい医者に診てほしいとそれがしは考えていたのだ。枝村さまのお申し出は、それがしにとって渡りに船であった」

　登兵衛が眉を曇らせる。

「光右衛門さんの具合が悪いのでございますな」

「そうだ。いま診てもらっている医者は、疲れが出て、肝《かん》の臓が悪くなっているといっている。その見立てが合っているのか、正直、それがしにはわからぬ。ちがう医者に診てもらえば、また異なる結果が出て、治療の手立てもあるのではないかと思えるのだ」

「米田屋さんは、よほどお悪いのでございますか」

　直之進はため息をつき、下を向いた。

「まだ寝たきりということはない。体調のよい日もあり、そういうときは起き上がってくつろいでいる。少しは外を歩くこともできる。ただ、さすがにもう長いことは無理だ。それがしが見るところ、日に日に悪くなっている感じがする」

「さようでございますか」

登兵衛が面に翳《かげ》を貼りつけたまま、深く顎を引く。伊左衛門に目を当てた。

伊左衛門が大きくうなずく。

「よし、話はわかった。すぐに手配りにかかろう。最上の医者を差し向けるゆえ、安心してもらってけっこうだ」

確約してくれた。

それを聞いて、直之進はほっとした。大役が終わったような気分になったが、これで光右衛門の病が治ったわけではない。

油断はできない。最悪のことを聞かされる恐れがないわけではないのだ。

だが、それでも一歩前に進んだのはまちがいない。

もし万が一、自分たちの力が及ばなかったとしても、やるだけのことはしなければならぬ。直之進はその思いを深く心に刻んだ。

そうでなければ、必ず悔いが残ろう。

四

腹の虫が鳴いた。

登兵衛が、昼餉《ひるげ》を召し上がっていってくださいといったのを、断らなければよかっただろうか。直之進は少し後悔した。

昼餉をともにできなくて、枝村伊左衛門も残念そうだった。直之進と、もっと話をしたいという顔をしていた。

直之進自身、登兵衛たちと昼餉を食すのがいやだったわけではない。だが、今日は顔を出さなければならないところがいくつもある。登兵衛たちと昼餉をとれば、ときが長くかかろう。登兵衛たちには申し訳ないが、直之進にはそれが惜しかったのである。

ふと目についた蕎麦《そば》屋に入り、小女《こおんな》が、椎茸《しいたけ》がどっさり入ってますよ、というきのこ蕎麦を頼んだ。少し待たされたものの、運ばれてきた蕎麦に偽りはなかった。蕎麦切りが見えなくなるほどの椎茸がのっていた。

椎茸からこくのあるだしがたっぷりと出たつゆは、腰が強い蕎麦切りとよく絡んで美味だった。直之進はつゆをすべて飲み干した。冷えた体がすっかりあたたまった。

満足して勘定を払い、直之進は再び歩き出した。寒風に吹かれつつ、神田小川《かんだおがわ》町にある房興《ふさおき》の家を目指す。

あと五町も行けば小川町に入るというとき、つと怒声が耳を打った。なんだ、と思って目をやると、弱々しい太陽の光を、きらりとはね返すものが見えた。あれは、と直之進は眉根を寄せた。白刃《はくじん》ではないか。

また怒鳴り声が聞こえた。白昼、刀を振るっている者がおり、町人たちが悲鳴を上げて逃げ惑っているのがわかった。放っておくことなどできず、直之進は駆け出した。

近づくにつれ、刀を振り回しているのは一人の浪人であるのが知れた。どうやら酔っている様子だ。見れば、女子供も近くにいる。町人たちは浪人を遠巻きにしていた。

浪人が刀を振り回しているのだからさっさと逃げればよいと思うが、どうやら怖いもの見たさで、その場にとどまっているようだ。

直之進は顔をしかめた。町人たちは刀の怖さを知らないのだろうか。

浪人は路上でひたすら刀を振っている。足をもつれさせて誰もいないところに駆け寄っては、なにごとかわめいて刀を振り下ろしている。歳は二十代半ばか。自分よりも少し下くらいだろう。着ているものは上等とはいえない。あちこちに継《つ》ぎがある。

昼間から聞《き》こし召《め》し、酒に飲まれた浪人か。あれだけ荒れているということは、よほど鬱憤《うっぷん》がたまっているのだろう。

いや、ちがう。

直之進は直感した。浪人は酔っていない。瞳のなかに正気の光を宿している。あれは芝居だ。刀を抜いているものの、はなから人を傷つける気などないのだ。

どうやら右側にあるこぢんまりとした煮売り酒屋で飲み食いをしていたようだ。金がなく、どうすれば代《だい》を踏み倒せるかを考え、酒に飲まれて刀を振り回す浪人を演ずることにしたのだろう。酔ったふりをし、刀で町人たちを寄せつけないようにしつつ、その場をあとにする気でいるのだ。

弱ったな、と直之進は思った。こういうときは、どうすればいいのだろう。本当に酔っているのなら、急所に拳を入れるなどして気絶させてしまえばすむが、この場合はそれだけではすむまい。

とにかく、まずは刀を引かせたほうがいい。芝居とはいっても、浪人が酒を飲んでいるのはまちがいない。酒は人から判断力を奪う。手元が狂うこともあるだろう。このままではなにが起きるか、わかったものではない。

直之進は浪人の前に立ちはだかった。

「きさまあ」

いきなり吠えて、浪人が斬りかかってきた。町人たちからどよめきが起きた。

浪人は本気ではないから、斬撃に鋭さはない。直之進が見る限り、この浪人はなかなかの腕を持っている。金を積まなくても実力で免許皆伝《めんきょかいでん》をもらえる業前《わざまえ》だ。

直之進は浪人の腕を無造作につかんだ。それに対して、すげえっ、とまわりから歓声が上がった。

浪人が目をむき、振り放そうとする。

「やめておけ」

直之進は投げを打つような姿勢を見せて体を寄せ、浪人にささやきかけた。

「芝居であるのは、もうばれているぞ」

その言葉が聞こえなかったように、浪人がうなり声を上げて、自由にならない腕をなんとかしようとする。

「やめておけというのだ」

直之進は辛抱強くいった。

「今なら怪我人もおらぬ。穏便に済ませられよう。だが、もう町方を呼ばれたかもしれぬ。町方がやってくれば、おぬし、否応なく引っ立てられるぞ。酒代を踏み倒したくて、このような真似をしているのだろう」

浪人の目がまともに直之進を見た。やはりほとんど酔っていない。顔をそっと近づけ、小声できいてきた。

「どうしてわかった」

「見る者が見ればわかる」

猿芝居にすぎぬ、という言葉はのみ込んだ。

「だが、どうすればよい。こうなってしまっては、もう引っ込みがつかぬ」

浪人の目が泳ぎ、内心おろおろしているのが知れた。

「おぬし、金はないのか」

「二文ならある」

直之進は唖然《あぜん》とした。

「たったそれだけか。どうして煮売り酒屋に入った。はなから踏み倒す気でいたのか」

ちがうのだ、と浪人はいった。

「町人たちが昼間から飲んでいるのを見て、うらやましくなってな。ずっと飲んでいなかったこともあって、ふらふらと我知らず入ってしまったのだ。気づいたときには、酒と肴《さかな》が目の前にあったのだ」

直之進自身、ほとんど酒は口にしないからこういう心の動きは解することができないが、酒好きにはよくあることなのだろうか。

直之進は腹を決めた。

「今から腹を殴るゆえ、気絶したふりをしろ」

浪人があっけにとられる。

「ど、どうしてそのような真似をする」

「そうしたら、おぬしを俺が煮売り酒屋に運んでやる。そのときに袂《たもと》に金を忍ばせておく。よいか、恵むわけではないぞ。俺の住みかを教えておく。覚えておけ」

直之進は、小日向《こひなた》東古川《ひがしふるかわ》町の長屋を教えた。

「しばらくしたら目覚めたふりをして、袂の金で代を払え。よいか、俺は見ているからな。今度は踏み倒すんじゃないぞ。承知か」

「わかった。かたじけない。ところでいくらくれるのだ」

「くれるのではない。貸すのだ。一朱だ」

「それなら十分だ」

浪人が安堵する。

「ならば、腹を打つぞ」

承知というように目をつむった。こんな下手な芝居ではまわりの町人たちにばれてしまうのではないか、と思ったが、それならそれで仕方ない、もうかまうことはあるまい、と直之進は腹に拳を入れた。

どす、と鈍い音が立った。よほど鍛え込んでいるようで、腹は筋肉の鎧《よろい》で覆われ、本当に気絶させるのは容易でないのがわかった。

それでも、うっ、とうめき声を発して浪人が地面に崩れ落ちそうになる。それを直之進は抱き止めた。やせてはいるが、骨太なのか、浪人は見た目以上に重かったが、直之進は肩にかついで煮売り酒屋まで運んだ。

浪人は刀を握ったままだ。直之進が見やると、浪人の刀は目をみはるような業《わざ》物《もの》だった。

浪人を長床几《ながしょうぎ》の上に横たえる。刀を取り上げようとしたが、浪人が逆らう。それを無理に奪い取り、直之進は刀身を見つめた。上質な鉄が使われ、よく鍛えられている。逆丁子《ぎゃくちょうじ》乱《みだ》れに逆足《さかあし》の刃文《はもん》も、におうように美しい。見とれてしまう。

目釘《めくぎ》を外して銘を見たかったが、さすがにそこまではできない。直之進は刀を鞘《さや》にしまい入れた。目を閉じた浪人の顔に、安心したような色が浮かぶ。

直之進は懐《ふところ》の財布から一朱銀を探り出すと、一緒に手ぬぐいも取り出し、汗をぬぐうふりをした。そのすきに、まわりの者に知られないように一朱銀を浪人の袂に落とし込む。これでよし、と直之進は店の者を見た。おずおずとした目で見返してくる。

「しばらくしたら目を覚ますはずだ。騒ぎを起こされたのは気の毒だったが、侍なら代は支払うはずゆえ、勘弁してやってくれ」

「はい、わかりました」

店主らしい初老の男が腰を折る。

「俺はこれで帰る。では、しっかりとやってくれ。頼んだぞ」

最後の言葉は店主にではなく、浪人に向けたものだ。直之進は煮売り酒屋を出て、歩きはじめた。はなから一朱はやったと思っている。返ってくることなどまずないだろう。

それにしても、すばらしい刀だった。あれだけの業物はめったにお目にかかれない。あれほどの刀を所持しているとは、あの浪人は何者なのだろう。気になった。直之進は振り返った。

暖簾がはためいて、ちょうど長床几から浪人が起き上がるのが見えた。袂から取り出した一朱銀を、店主に差し出している。店主は喜んでいる。浪人は立ち上がると軽く頭を下げ、直之進のいる場所とは逆のほうへと立ち去った。釣りはもらわなかった。迷惑料といったところか。

あれでよい。直之進は再び歩を進めはじめた。とうにきのこ蕎麦の効力は消え、体は冷えはじめている。ただ、もしかしたら俺はいいことをしたかもしれぬという思いはしっかりと残り、心をほかほかさせている。それでも、いらぬお節介だったか、という気持ちもないわけではない。あの浪人も施《ほどこ》しを受けたという気分はそうたやすくは失せぬのではないか。本当に返してもらうつもりでいるのなら、浪人の名を聞かなければおかしい。

小川町に入った。房興の家に着き、訪いを入れると、女の声で応《いら》えがあった。出てきたのは芳絵《よしえ》である。

「あら、直之進さん、いらっしゃい」

町屋の女房のような物言いだ。

「芳絵どの、元気そうだな」

直之進は笑いかけた。芳絵がうつむく。

「それくらいしか取り柄がないから」

「そんなことはあるまい。芳絵どのは剣術の達者ではないか」

「私が達者だなんて、直之進さんにいわれると恥ずかしくなるわ。私なんか、女としてならまずまずの腕というのが、こたびの一件でよくわかったもの。あの員辺兜太にも、まったく歯が立たなかったし」

芳絵は、房興がさらわれようとしたとき、むしゃぶりつくように兜太に向かっていった。だが、芳絵の刀は兜太にとっては竹光《たけみつ》も同然でしかなく、あっさりと絡め取られ、宙にはね飛ばされたのである。

「あの男が相手では、たいていの者は勝てぬ」

「でも、直之進さんは勝ったでしょ」

庇《ひさし》から雪が落ちてきて、それに一瞬、兜太が気を取られた。そのために討つことができたのだ。

「運がよかった」

「実力よ。私ね、男でも自分に勝てる者はいないって思い込んでいたのよ。賭場《とば》でも用心棒をうまくこなしていたし。まったく、お笑いぐさね。井のなかの蛙《かわず》そのものだわ」

「芳絵どの、これからも剣に生きるつもりなら、ひたすら精進《しょうじん》するしかない。あきらめたらそこで終わりだ」

「もうあきらめたの」

直之進は芳絵の顔をまじまじと見た。

「だって、直之進さんには永久に勝てそうにないし、仁埜《じんの》丞《じょう》さんは化け物だし。江戸は広いから、まだまだ強い人はごろごろしているだろうし。いくら私が剣術の修行を積んだところで、超えるのはむずかしいわ」

「剣をやめてどうする」

直之進は強い口調でただした。

「まだ決めてないの。でも、もっと女らしくなろうと思って」

芳絵がしおらしくいう。もともと三千石の旗本の姫だけに、うつむく姿は可憐《かれん》に見える。芳絵どののこの決意はいい方向に進むかもしれぬ、と直之進は感じた。

「そうか。それはいいことかもしれんな」

直之進はにこりとした。

「直之進さん、本当にそう思う」

「ああ、思う。おなごがおなごらしくするのは、とてもよいことだ」

「直之進さん、今までの私って、嫌いだった」

芳絵がきく。そんなことはない、と直之進は答えた。

「きりっとして、よいおなごだと思っていた」

「ほんとうに」

「まことだ」

「うれしい」

両手を合わせて喜びをあらわす。

「芳絵どの、お二人はご在宅か」

直之進はようやく来訪の目的を告げた。芳絵が我に返る。

「えっ、ああ、房興さまと仁埜丞さんね。もちろんいらっしゃるわ。ごめんなさいね、玄関先で長話しちゃって。——直之進さん、上がってください」

直之進は芳絵のあとについていった。

「こちらよ。——房興さま、直之進さんがいらっしゃいました」

「おう、直之進か、入ってくれ」

房興の弾んだ声がした。芳絵が両膝をつき、腰高障子をそっとあける。

部屋の真ん中に布団が敷かれ、川藤《かわとう》仁埜丞が横になっていた。枕元に房興が座っている。仁埜丞は目をあけていた。

「失礼いたします」

座敷に入った直之進は刀を右側に置いて、布団の脇に正座した。

「直之進どの、よく来てくれた」

仁埜丞が身じろぎし、起き上がろうとする。

「いや、そのままで」

直之進はあわてて両手を掲げて制した。仁埜丞が苦笑を浮かべ、枕に頭を預け直した。

「すまんな、まだ身動きが自由にならぬ」

「いえ、お元気そうで安心いたしました」

実際、仁埜丞の顔色は悪くなく、以前の青白さはまったく見られない。つややとはしていないものの、少なくとも血の気を取り戻している。瞳の鋭い光もよみがえりつつあった。

「本復《ほんぷく》も近いようにお見受けいたします」

「その通りだ」

房興が笑みをたたえていう。

「医者はあと十日もすれば、起き上がれるようになるだろうといってくれた」

「あと十日ですか。待ち遠しいですね」

「その通りだが、過ぎてしまえばあっという間であろう。それに、芳絵どのがかいがいしいのだ。見ていてほほえましい」

「さようでございましたか」

直之進は芳絵を見た。房興にほめられて、芳絵はくすぐったそうにしている。

「直之進。仁埜丞とまた稽古をしたいであろうな」

「はい、したくてなりませぬ。お師匠さまには、これまでで最も中身の濃い稽古をつけていただきました。またあのようなときを持ちたいと願ってやみませぬ」

「直之進どの、土井家の剣術指南役はどうするつもりだ」

仁埜丞がきいてきた。

「昼前に大炊頭さまにお目にかかってきました。心苦しかったのですが、お断り申し上げました」

「そうか、断ったのか」

仁埜丞が嘆息する。

「大炊頭さまは残念がられただろうな」

「はい。しかし、やはりけじめはつけなければなりませぬ」

「おぬしの性格ではそうだろうな」

仁埜丞が布団のなかでうなずいた。

「直之進、悩みでもあるのか。顔に憂《うれ》いが出ておるぞ」

房興にいわれた。和四郎に続いて、房興にも見抜かれたことになる。

いってしまおうか、と思ったが、ここはやめておくべきだと直之進は結論を下した。腹ちがいとはいえ、房興は真興の弟だ。真興さまに沼里に帰ってくるようにいわれているのですが、どうしたらよいでしょうという相談を持ちかけられたところで、房興は困るだけだろう。

「いえ、なんでもありませぬ」

房興がじっと見る。

「それならばよいのだが」

直之進はほほえんでみせた。あまり長居して仁埜丞の体に障りがあってもまずい。

「では、それがしはこれにて失礼いたします」

「もう帰るのか」

房興が驚く。仁埜丞も芳絵も同じ表情を見せている。

「米田屋を見舞おうと考えています」

「ああ、具合が悪いとのことだったな。心配だな。米田屋はどんな様子だ」

房興が心苦しげに問う。

「とにかく疲れやすいようです。このままでは、いずれ寝たきりになってしまうのではないかという危惧があります」

「それはよくないな」

房興が眉根を寄せ、腕組みをする。

「医者にかかっていようが、腕はよいのか」

「界隈《かいわい》では名医といわれています。ただ、それがしも不安で、今日、御典医を頼んでまいりました」

直之進は経緯《いきさつ》を説明した。

「ほう。となると、老中首座の御典医がやってくるかもしれぬのだな」

「そうなればよいと思うのですが」

「きっとそうなろう。大丈夫だ」

房興が力強くいってくれ、直之進の不安は減じた。皆が応援してくれている。光右衛門は必ずよくなるはずだと信じた。

五

小日向東古川町に向かう。

その途中、茶店に座り込んでいる年寄りになぜか目が引き寄せられた。

年寄りと思ったのは、光右衛門だった。そのことに直之進は愕然《がくぜん》とした。前は、六十という歳を感じさせない若さがあった。今はそれが見る影もない。

「米田屋」

内心の驚きを押し隠し、直之進は近づいていった。笑みを無理につくる。

「ああ、湯瀬さま」

光右衛門が顔をほころばせる。どこか影の薄さがあり、直之進は胸を衝かれた。

「お出かけでしたか」

横に座ると、光右衛門がきいてきた。体に染みついているのか、薬湯のにおいが鼻をついた。

「土井家の上屋敷と田端、それと房興さまのところに行っていた」

直之進は、やってきた小女に茶を頼んだ。

「土井さまというと、大炊頭さまでございますね」

「うむ。剣術指南役を断りに行ってきたのだ」

「お断りになったのですか」

「そうだ。田端ではこたびの一件の礼をいわれた」

「いわれただけでございますか。ご褒美はなかったのでございますか」

「あったさ」

光右衛門が、おっ、という顔になる。

「ご褒美はなんでございますか」

「その前にきいてよいか。米田屋、今日は具合がよいのか」

光右衛門が大きく顎を動かす。

「ええ、ええ、起きたときから体調がようございます。このままずっとこの調子でいってほしいのでございますが……」

それは望むべくもないのだろうな、としわ深くなった顔が告げている。

「病は気からというではないか。よくなると思っていれば、きっとよくなる。米田屋、元気を出してくれ」

光右衛門がにっこりとする。

「はい、元気を出しましょう。それで湯瀬さま、ご褒美とはなんでございますか」

「御典医だ」

「えっ、御典医でございますか」

光右衛門が意外そうな顔になる。

「お大名や将軍さまお付きのお医者でございますね」

「腕のよい者しかなれぬ。おぬしを診てもらおうと頼んできた」

「えっ、手前のために……」

「うむ、そうだ。腕のよい医者に診てもらえれば、またちがう結果が出るのではないかと思ってな。勝手なことをしたか」

「とんでもない」

光右衛門が顔の前で手を振る。

「本当にうれしゅうございます。手前のためにお骨折りくださって。自分のためにいろいろとしてもらえることがこんなにありがたいなど、病になって初めて知りましたよ。手前はもっと人のためにいろいろとすべきだったなあ、と思い知りました。湯瀬さま、本当にありがとうございます」

光右衛門が深々とこうべを垂れる。目に涙がにじんでいる。

「礼などいらぬ」

直之進は快活な口調でいった。

「おぬしは俺の大事な親父《おやじ》さまゆえ、できる限りのことをするのは当然だ。なにしろ、公儀も孝養《こうよう》を尽くす者に対して褒美を出すほどだからな。あまり大きな声ではいえぬが、公儀のやることは眉をひそめたくなることが多い。だが、こと、この孝養については諸手《もろて》を挙げて賛同できる」

「手前も死んだ親父には、もっと孝行したかった。孝行したいときには親はなし、とはよくいったものだと思いましたよ」

「米田屋、長生きしてくれよ」

直之進は切なる思いを口にした。

「ええ、ええ、よくわかっておりますよ。手前は残りの生涯を、できるだけ人のために尽くすようにいたします。ええ、そうするつもりですよ」

何度もうなずきを繰り返す。その光右衛門が不意にまじめな顔になった。

「ときに湯瀬さま、内密の相談があるのでございますが、よろしいでしょうか」

「なにかな」

直之進も真剣な光を目に宿した。

「手前、実は遺言をしたためております」

「なんだって」

直之進の驚きぶりを目の当たりにして、光右衛門が微笑する。

「あれは書いておかないとまずいのですよ。もし急に逝《い》ってしまったら、残された者は、なにもわからないままということになりますからね。まこと遺言は書いておくべきものです」

「内密の相談とはそのことか」

「一つはそうでございます。湯瀬さまには、手前の遺言の隠し場所をお伝えしておきます。もし手前に万が一のことがあれば、よろしくお願いいたします」

こういうのは誰かが引き受けなければならないが、本当に自分でよいのか。

「琢ノ介では駄目なのか」

「平川さまは正直なよいお方ではございますが、手前はまだ湯瀬さまほどには信用しておりません。今のところは遺言を託す気にはなれません」

はっきりといった。

「わかった。俺でよければ聞いておこう」

「ありがとうございます」

光右衛門が顔を寄せ、ささやき声で遺言の隠し場所を告げた。

「うむ、承知した」

「お忘れなきよう」

「できれば書き留めておきたいが、こういうものは胸に深く刻んでおくべきものなのだろうな。それで米田屋、二つ目があるのか」

「はい、ございます」

光右衛門が自分の考えを直之進の耳に吹き込む。

聞き終えた直之進は驚きを隠せない。

「米田屋、本気なのか」

「ええ、本気でございます」

「無茶ではないのか。やりすぎのような気がするが」

「無茶ではありません。このくらい、やらねばならないのでございますよ」

「ふむ、そういうものか」

直之進は覚悟のほどを思い知った。

「湯瀬さま」

光右衛門が最後に釘を刺してきた。

「これは手前が決めたことでございます。くれぐれもおあき、おれん、おきくには内密にお願いいたします」

直之進は光右衛門の固い決意を見て取った。

「うむ、わかった」

それ以外、今の自分にいえる言葉はなかった。

翌日の昼過ぎ、権門駕籠《けんもんかご》が米田屋の前に止まった。

引き戸があき、降り立ったのは雄哲《ゆうてつ》という名の医者である。

昨夜、和四郎が直之進の長屋にやってきて、明日の昼頃、御典医が差し向けられます、と告げていったのである。

雄哲には供が二人ついており、そのほかに和四郎も一緒にやってきていた。

「お待ちしておりました」

直之進は雄哲に頭を下げた。雄哲は無言で軽く顎を引いただけだ。いかにも傲岸《ごうがん》そうである。

雄哲は老中首座の水野伊豆守の御典医をつとめているという。歳は五十前後か。

いやな感じだな、と直之進は思った。いかにも不機嫌そうだ。老中首座の御典医をつとめるほどの者がどうしてこんなみすぼらしくて汚い町屋に往診しなければならないのか、という不満が如実に面にあらわれている。

御典医というのは、この手の人物ばかりなのだろうか。医は仁術《じんじゅつ》などという言葉は別の世のものであると思っているかのようだ。

殿さまや将軍以外の前で、常にこんな顔つきをしているのであれば、いずれろくでもない死に方しかせぬのではないか、という思いを直之進は抱いた。和四郎が昨夜話したところでは、医術の腕は抜群とのことだが、これでは人として失格ではないだろうか。

経緯はともあれ、この医者を頼んだことになるおのれが恥ずかしくてならない。光右衛門たちに顔向けできない気分になる。もしこれで医術の腕が悪かったら、腹をかっさばかねばならぬのではないか。

二人の供は一人が薬箱を手にしており、もう一人はなにも持っておらず、腰に刀を帯びている。

刀を帯びた供は、直之進が見るところ、なかなか剣の筋がよさそうだ。今の世は剣よりも医術のほうが飯を食えるのだろうが、もったいない気がした。

直之進だけではなく、光右衛門を除いた米田屋の者全員が雄哲を出迎えている。祥吉の手を握り、琢ノ介も顔を並べていた。

昨夜、和四郎を帰したあと、直之進は米田屋に足を運び、御典医の往診をあらためて光右衛門たちに告げたが、琢ノ介には会わなかったこともあって、御典医の往訪《おうほう》は話してはいない。もちろん今朝、朝飯をたかりに来たとき御典医の件はおあきたちから聞いただろうが、やはりどこか信じられないところがあったのか、琢ノ介は目をみはっている。

「今日はおいでいただき、まことにありがとうございます」

おあきが米田屋を代表して礼を述べた。それには答えず、雄哲が横柄《おうへい》にきいた。

「患者は」

「こちらでございます」

おあきが案内する。ふん、と鼻を鳴らして雄哲があとに続く。供の二人がうしろに付きしたがう。直之進たちもついていった。

「おとっつあん」

腰高障子の前で足を止め、声をかけた。

「お医者さまがいらしてくださったわ。お通しするわよ」

「うん、わかった」

おあきが腰高障子をあける。

光右衛門が布団の上に起き上がっている。今日の顔色はよくない。昨日他出したことが災いしたのではないか。

「では、診ましょうか」

雄哲がときを惜しむかのような口調でいい、敷居を越えた。供の二人も雄哲とともに部屋に入る。

ほかの者は外で待つようにいわれ、その言葉にしたがって居間に入った。

「すまぬ」

直之進はおあきたちに詫びた。皆がいっせいに驚きの顔を見せる。

「湯瀬さま、どうして謝られるのでございますか」

おきくがすぐさまただす。

「いや、あのような医者が来てしまったゆえ、申し訳なくてな」

おきくがほほえむ。おあき、おれんも同じ表情になった。

「お医者というのは、あのくらいのほうがありがたいものなのですよ。きっと腕はすばらしいものをお持ちのはずです。湯瀬さま、大丈夫でございますよ」

「そういってもらえると助かる」

「湯瀬さま、手前どもを信じてください」

和四郎が口を添える。

「雄哲さまは、老中首座水野伊豆守さまの御典医でございます。腕が悪いわけがありません。それに、今日は水野さまにきつくいわれてここにいらしているはずです。手抜きなども決していたしませんよ。大船に乗った気持ちでいらしてください」

「そうか。和四郎どの、すまなかった。そなたを侮蔑《ぶべつ》したも同然であったな」

和四郎がにこりとする。

「気になさらないでください。あの態度を見ていれば、湯瀬さまならずとも、誰もが同じ気持ちを抱くに決まっていますよ」

雄哲は本腰を入れて診ているのか、なかなか光右衛門の部屋から出てこない。

半刻ほどしたのち、ようやく直之進たちがいる居間にやってきた。相変わらず不機嫌そうにしているが、額に汗をうっすらとかいていた。祥吉がそこにいることに、小さく目を見ひらいた。

直之進は、祥吉は外したほうがよいのかと思ったが、その前に琢ノ介が思い切ったようにきいた。

「いかがでしたか」

雄哲がじろりと見る。こほんと空咳《からせき》をした。それからゆっくりと話し出した。

「米田屋どのの具合は——」

もったいぶるように言葉を切った。

「正直、よろしくない。なにがよろしくないかというと、胃の腑《ふ》にしこりができているることだ。一寸五分ほどのしこりだな」

「胃の腑にしこり……」

おあきがつぶやく。

雄哲が続ける。

「たちのよくないしこりだ。歩いたり、食べたりすることにまださほどの支障はないが、疲れやすくなっているのはまちがいない」

「治るのですか」

これはおきくがきいた。

「医者としてこのようなことはいいたくないが、今の医術ではむずかしい」

直之進たちは眉を曇らせた。祥吉も悲しげな顔をしている。

「お子がいる前でいってもよいかな」

雄哲が優しい口調でいう。

「はい、かまいません」

おあきが力強い声で答えた。

「ならば申し上げよう。米田屋どのの余命はあと半年といったところであろう」

「ええっ」

直之進たちは絶句した。あまりのことに言葉が出ない。

「よいかな。米田屋どのにはできるだけ楽しいことをさせてあげることだ。温泉に連れていったり、おいしい物を食べさせたり、女遊びもしたいのなら存分にさせてあげたほうがよい。とにかく、望むことはなんでもやらせてあげることだ」

「そうすると、よくなるのですか」

おきくがすがるような目で問う。

「思い残すことがなくなるという意味でわしはいうたのだが、実際に治る場合もある。人の体というのは不思議なもので、病にかかったからと暗くなっているよりも、病になど負けるものかとばかりに楽しいことをしていると、しこりが消えてなくなってしまうことがあるのだ」

そんなことがあるものなのか、と直之進は希望を持った。

「なによりも家人たちの力添えが大事だ。大切にしてあげなされ」

「よく効く薬はあるのですか」

おれんがたずねる。

「いや、残念ながらない。先ほども申したように、父御《ててご》に楽しいことをさせるのが、いちばんの薬だな」

雄哲は二人の供を連れて帰っていった。和四郎も雄哲についていった。

直之進たちは全員で雄哲の見送りに出て、再び居間に戻ってきた。

誰も声がない。重苦しい沈黙が流れた。

「湯瀬さま」

光右衛門の呼ぶ声が耳に届いた。

「ちょっと行ってくる」

直之進は立ち、光右衛門の部屋に入った。

光右衛門は布団に横になっていた。直之進は枕元に座った。

「どうした」

「お医者さまはなんとおっしゃいました」

光右衛門が懇願の顔になる。

「お願いです。湯瀬さま、包み隠さず話してください」

直之進は詰まった。

「包み隠さずといわれてもな」

本当のことをいうべきか。だが、余命半年などと口にしてよいものか。

「湯瀬さま、本当のことをすべて話してください。おそらく娘たちは話してくれないでしょうから」

自分の一存で話していいものか、直之進はなおも迷った。腰高障子に目を当てる。障子に人影が映っている。そこには琢ノ介やおあき、おれん、おきく、祥吉が勢ぞろいして、聞き耳を立てている。

「よし、話そう」

直之進は宣した。これは自分に与えられた役目であろうと思った。光右衛門に病状を正直に告げても、おきくたちも怒りはせぬと信じた。

「おぬしは、病に負けるような者ではないと俺は思っている」

光右衛門と自分、これは男同士の話である。

「はい、手前は病になど負けません」

光右衛門がいいきる。直之進は光右衛門を見つめた。

「では、いうぞ」

丹田《たんでん》に力をこめる。

「おぬしは胃の腑に一寸五分ほどのしこりができているそうだ。雄哲どのは、おぬしの余命は半年だとおっしゃった」
「半年……」
光右衛門は衝撃を受けたようだ。顔色が変わる。
「さようでございますか」
覚悟を決めていたのか、取り乱したりしないところは、さすがとしかいいよう
がなかった。
「湯瀬さま、お話しくださいまして、ありがとうございました。肩の荷が下りた
ような気分でございますよ」
布団の上で頭を下げる。
「人生五十年と申します。手前はもう六十年近く生きました。もう十分でござい
ましょう」
「米田屋、勘ちがいするな」
直之進はあわてていった。
「おぬしはまだ死ぬと決まったわけではないぞ。思い煩《わずら》うことなく、できるだけ
楽しいこと、したいことだけをしていれば、しこりが消えることもあるそうだ。
人の体というのは、そんな不思議なことも起きるそうだ」

「ほう、さようでございますか」

光右衛門がにこりとする。

「したいことというと、手前の場合、なんでしょうか」

「米田屋、行きたいところはないか。芝居はどうだ。うまい酒を飲みたくはないか」

光右衛門が苦笑する。

「湯瀬さま、そんなにいっぺんにおっしゃられても、頭が追いつきません」

「そうか。すまぬ」

「いえ、謝られるようなことではございませんよ」

光右衛門が穏やかにいう。

「とにかく米田屋、なんでもしたいことをいってくれ。俺は必ずかなえてみせるゆえ」

「それでしたら」

光右衛門がじっと直之進に目を当てる。まだまだ瞳は弱っておらず、力強い光が宿っている。この分なら大丈夫ではないかと希望を抱きつつ、直之進は光右衛門の言葉を待った。

「手前に一刻も早く、おきくとの孫を抱かせてください」

光右衛門が、そっとほほえむ。その様子を直之進は見つめ、深くうなずいた。

「米田屋、今からではどんなに急いでも十月《とつき》後だ。それまで待てるか」

光右衛門が笑いながら顎を引く。

「お待ちいたしますよ。でも湯瀬さま、その前に祝言《しゅうげん》は必ず挙げてくださいましね」

「祝言か。うむ、承知した」

「手前も体が動くうちは、湯瀬さまのお力添えをさせていただきます。いえ、手前が中心となって祝言の支度《したく》をいたしましょう。そのほうが病のことを忘れられてよいのではないでしょうか」

「うむ、確かにな」

光右衛門がふうと息をついてから言う。

「よし、今日から忙しくなるぞ」

祝言の支度で、もし光右衛門の病が治ってくれたら、これ以上ありがたいことはない、と直之進は思った。いや、きっとそうなる。

ならぬはずがない。

第二章

一

捜してはいた。

だが、これぞという名医は見つからなかった。

金さえ積めば、すぐに捜し当てられよう、と高《たか》をくくっていたが、琢ノ介はその見込みが甘かったことを思い知らされた。

同じように光右衛門を腕のよい医者に診せようと考えていたらしい直之進が老中首座の水野家に依頼し、その御典医が今日の昼頃にやってくると朝餉《あさげ》の際におあきたちに聞かされて、琢ノ介はさすがに驚いた。

医者の手配で直之進に後れを取ったのは恥ずかしかったが、これで十六両は手つかずだなというさもしい考えも浮かんだ。それはすぐさま打ち消したものの、予定通りおあきや祥吉になにか買ってあげられそうなのがうれしかった。

昼をやや過ぎた頃、権門駕籠が米田屋に横づけされ、雄哲という御典医があらわれた。雄哲は倣岸そうな医者だったが、仕事はしっかりとやるようで、たっぷりとときをかけて光右衛門を診た。

診察が終わり、居間にやってきた雄哲から伝えられた結果に、琢ノ介は雷に打たれたような衝撃を受けた。

もしかしたらたちの悪い病かもしれないと心配していたものの、光右衛門の胃の腑にしこりがあるなど、まったく予期していなかった。十六両が手つかずだという卑《いや》しい気持ちは、一瞬にして霧消した。

直之進やおあき、おきく、おれんに祥吉もあまりのことに声がなかった。

光右衛門にはできるだけ好きなことをさせてあげることだといって雄哲が帰っていった直後、直之進が光右衛門に呼ばれた。光右衛門の寝間に直之進が入ったのを確かめて、琢ノ介たちは足音を殺して歩み寄り、腰高障子のそばで耳を澄ませた。

なかから聞こえてきたのは、どんな結果だったのか話してくれるよう直之進に懇願する光右衛門の声だった。

直之進はどうするのだろうかと、琢ノ介は固唾《かたず》をのんで待った。おあきたちは大きく目を見ひらき、ひたすら息を詰めていた。

どう答えるべきか直之進はさすがに迷ったようだが、結局は雄哲の見立てを光右衛門に伝えた。家人でもないのに、勝手なことをしてとおあきたちが怒るのではないかと琢ノ介は危惧《きぐ》したが、三人姉妹はむしろほっとした顔をしていた。

光右衛門との話を終えて、直之進が部屋を出てきた。部屋の外に立っている琢ノ介たちを見ても、とうに気配を感じ取っていたようで、驚きの表情は見せなかった。

直之進はおあきたちを見て、切なそうな顔をした。琢ノ介たちは居間に戻って、直之進を囲むように座り込んだ。

直之進が琢ノ介たちを順繰りに見た。

「聞いての通りだ。俺の一存で、米田屋に余命が半年だと告げた。勝手な真似をして、皆、腹を立てているのではないか」

「そんなことはありません」

おあきが首を振り、きっぱりといった。

「私たちは直之進さんに感謝しています」

「その通りです」

直之進をまっすぐに見て、おきくが深くうなずき、続ける。

「雄哲先生に診ていただく前から、重い病ではないかと疑うような節がおとっつあんにはありました。おとっつあんに限ってそんなことがあるはずがない、と私たちは思っていましたけど、もしかしたらと覚悟はしていました。今日それがはっきりしました。そのことをいつかはおとっつあんに告げなければならないことは、三人ともわかっていました。そのつらい役目を直之進さんが引き受けてくださり、私たちは感謝こそすれ、腹を立てることはありません。私は今日、雄哲先生に来ていただいて、本当によかったと思っています」

おきくは涙をにじませている。おあきとおれんも涙をこらえる風情《ふぜい》だが、膝の上に置いた手が小さく震えていた。

「かたじけない」

直之進が頭を下げた。すぐに顔を上げ、また琢ノ介たちの顔を見つめた。

「自然に治ることもあると雄哲先生はおっしゃった。是非ともそうなるように、これからはでき得る限り力を尽くそう」

はい、と三姉妹が力強く答えた。

店のほうで人の呼ぶ声がした。

「お客さまね」

いち早くおあきが立ち、おきくとおれんに告げた。

「私がお相手してくるわ。おきくは、直之進さんのお相手をしていてちょうだい」

それを聞いて、おれんが祥吉の手を取る。

「祥吉ちゃんは私が相手をするわ」

にこりとしておあきが店のほうに向かった。

「平川さま」

光右衛門の声が聞こえた。響きがよく、以前の元気だった頃と変わらない。

「申し訳ありませんが、ちとこちらにいらしてくださいませんか」

「おや、今度はわしを呼んでいるな。なに用だろう」

よっこらしょ、と立ち上がった琢ノ介を、直之進が凝視する。琢ノ介は、ちょっと行ってくる、といって光右衛門の寝間に足を運んだ。

「入るぞ」

腰高障子をあけ、起き上がろうとする光右衛門を制して、そのままでいるようにいった。ありがとうございます、とあらためて横になった光右衛門のそばに琢ノ介は座った。

「すみません、お呼び立てして」

「いや、かまわぬ。どうだ、調子は」

光右衛門が笑い、小さく息を漏らす。

「今日は、ちと体が重く感じられますね。でも、こんな病に負けずにがんばろうと思いますよ。まだまだくたばるわけにはまいりません。病など気力で払いのけてやります」

琢ノ介は、光右衛門の気概が本物であるのを見て取った。自然にほほえみが出る。

「その意気だ」

光右衛門の顔をのぞき込む。

「して、なに用かな」

「折り入ってお話がございます。平川さま」

光右衛門が深くうなずき、厳しい声で呼びかけてきた。

「なにかな」

琢ノ介は背筋を伸ばし、真剣な顔になった。

「おあきと一緒になる気持ちは、おありなのですか」

あまりに唐突な問いで、琢ノ介は一瞬、呆然としかけたが、すぐにしっかりしろ、と自らを叱咤《しった》した。これは、はっきりいっておかなければならぬことだ。光右衛門は正面からきいてきている。ごまかすことはできない。

琢ノ介は大きく顎を引いた。

「もちろんだ。その気でいる」

「おあきは平川さまのことを憎からず思っています。それはまちがいありません」

柔らかだった手のひらの感触がよみがえってきた。また触れたいなと思った。しかも、父親からおあきの気持ちが語られたのだ。これは格別だった。琢ノ介はほんわかとした気分に包まれた。

「それで平川さま、おあきと一緒になり、手前の跡を継いでくださるというわけですか」

うつつに戻った琢ノ介は、小さくかぶりを振った。

「それは自分の一存ではいかぬ。祥吉もおるしな。おぬしが、米田屋の跡を継ぐのはわしでよいといってくれるのなら、という条件つきだ。もちろん、わしは祥吉が成長するまでのつなぎでしかないことはよくわかっておる」

光右衛門が、底光りする目でじっと見る。病人とは思えない力をたたえており、そこには凄みと呼ぶべきものがあった。

「平川さま、刀は捨てられますか」

侍をやめ、商人になりきれるかとただしているのだ。琢ノ介は考え込んだ。

「──捨てられると思う」

光右衛門はしばらく黙っていた。

「わかりました」

静かにいって目を閉じた。

「米田屋、話は終わりか」

疲れをにじませた光右衛門がゆっくりと目をあける。

「はい、すみました。平川さま、申し訳なく存じますが、少し眠ろうと思います」

「そうか。では、わしはこれで」

琢ノ介は立ち上がった。部屋を出る。腰高障子を閉める際、光右衛門の顔をちらりと見た。軽く寝息を立てている。これで本当に話が終わったのだろうか。なんとなく釈然としないものを感じたが、琢ノ介は居間に戻った。

おあきはいない。まだ先ほどの客の相手をしているようだ。おれんと祥吉は庭に出て遊んでいるのか、控えめな笑い声が聞こえる。おきくは台所の仕事をしているようだ。器の触れ合う音がしている。

「米田屋の用事はなんだった」

一人居残っていた直之進にきかれた。

「よくわからぬ。話が中途で終わったような気がせぬでもない」

そうか、と察したように直之進がいった。

「俺はこれから出かけてくる」

「どこへ行く」

「秘密だ」

「おきくには話したのか」

「ああ。妻にする者には秘密にできぬ」

「悪所《あくしょ》ではなかろうな」

「おぬしではあるまいに」

「馬鹿、わしは悪所になど一度も行ったことはないぞ」

直之進がにっと笑う。

「さて、どうかな」

「本当に行ったことはないのだ」

「わかった。そういうことにしておこう。ではこれでな」

直之進が出ていった。台所からちょうど戻ってきたおきくも見送るためについて出る。

入れちがうようにおあきが入ってきた。琢ノ介の前に座る。どこかうれしげだ。

「どうした」

琢ノ介はきかずにおれなかった。

「平川さま、仕事の話でございます」

「おっ、まことか。ひょっとして用心棒か」

「さようでございます。しかも平川さまを名指しで依頼がございました」

「わしを名指しでか。その客はわしのことを知っているのか」

「多分、用心棒としての評判は聞いていらっしゃるのでしょう。このところの平川さまは、用心棒としてすばらしい実績を積み重ねていらっしゃいますから」

おあきにほめられて、琢ノ介は悪い気はしなかった。いや、実際は躍り上がって喜びたいくらいだ。

「客はどなたかな」

「菱田屋《ひしだや》さんといいます」

琢ノ介は首をかしげた。

「聞いたことがあるぞ。確か口入屋であろう」

「ご主人は紺右衛門《こんえもん》さんとおっしゃり、おとっつあんと親しい間柄です。平川さまの評判は、おそらくおとっつあんから耳にされたのでございましょう」

琢ノ介はおあきを見つめ、腕を組んだ。

「だが、不思議ではあるな。口入屋がどうして同業を介して用心棒を求めるのか」

「用心棒として深く信頼できる方に、お心当たりがないのかもしれません」

「だが、菱田屋といえば、手広く商売をしているのではないか。そんな噂を聞いたことがあるぞ。あるじはまだ若いが、やり手だとも耳にした」

「はい、私もそううかがっています」

「そういう店が用心棒を一人捜すのに事欠くものなのかな」

おあきがほほえみを浮かべる。それがとても神々しく見え、琢ノ介は思わず見とれた。

「どうされました」

おあきにいわれ、琢ノ介は我に返った。

「おあきさんはきれいだなあと思っただけだ」

琢ノ介は、三人姉妹のなかで最も美しいと感じている。

「お上手ですね」

おあきが、ふふ、とうれしそうな笑みをこぼす。すぐに言葉を継いだ。

「口入屋と一口にいっても、店によって、やはり得手不得手《えてふえて》がございます。菱田屋さんは武家や商家の奉公人の口利きに特に強いという評判ですけど、用心棒はきっと不得手なのでございましょう。うちには平川さまや直之進さんがいらっしゃいますから、得手だとの自負がございます」

「信頼してくれるのは、とてもありがたい」

「深く信頼させていただいていますよ。平川さま、お受けになりますか」

「もちろんだ」

琢ノ介は大きくうなずいた。

「それにしても、菱田屋はどうして用心棒を欲しているのかな。理由をきいているか」

「いらっしゃったのがお使いの方でしたから、そこまではうかがっておりません。平川さま、子細は菱田屋さんでお聞きになってください」

「承知した。代も向こうで聞けばよいのか」

「それはすでにうかがっています。一日一分とのことでございます」

「えっ、まことか」

四日で一両である。これだけの好待遇はなかなかあるものではない。といっても、単純に喜んではいられない。値がよいというのは、それだけ危険が大きい仕事であるということをあらわしているのだ。

もしや、と琢ノ介は思った。今回の仕事はあまりに危うすぎて、菱田屋では用心棒のなり手がいないのではないか。だから、他の店の用心棒にお鉢を回した。こういうことではないのか。

そのことをおあきにいう気はなかった。すでに察しているかもしれないし、そうでないにしても、心配をかけたくはない。

「平川さま。一割の口銭《こうせん》はしっかりといただきますよ」

「うむ、わかっている」

琢ノ介は苦笑してみせた。

「おあきさんはしっかり者よな」

自分などがまじめにやらずとも、おあきさえいれば、店はまわってゆくのではないか。琢ノ介はそんなことを考えた。

「では、行ってくる。米田屋のこともよく看《み》てやってくれ」

「承知しています。平川さま、菱田屋さんの場所をご存じですか」

「小石川下冨坂町《こいしかわしもとみさかちょう》だったな」

おあきがにっこりとする。

「その通りです。よくご存じですね」

「この店を知る前、口入屋はいろいろと回ったゆえな」

琢ノ介は立ち上がった。居間を出て、店のほうに向かう。

「平川さま、いえ、琢ノ介さん」

暖簾を外に払ったところで、おあきに呼ばれた。名を呼ばれたのは初めてだと気づき、琢ノ介は頭に血がのぼって、ぼうっとなった。ふらふらと手を伸ばし、おあきを抱き締めそうになって、かろうじてこらえた。

おあきが気づかない顔で腰を折る。

「行ってらっしゃいませ。お仕事、気をつけてくださいね」

「うむ、よくわかっている。心配無用だ」

だが、必ず無理をするときがやってくるのではないか。琢ノ介はそんな気がしてならない。そのときは命を賭《と》して、菱田屋紺右衛門を守らなければならない。それで、もしこの世からおさらばすることになっても、それは仕方のないことだ。命を捨ててかかるだけの覚悟がなければ、用心棒はつとまらない。死中《しちゅう》に活《かつ》を求める。まさにこの言葉がぴったりなのだ。

すぐには通りに足を踏み出さず、琢ノ介はおあきの顔を見た。ずっと一緒にいたい気分だったが、未練を振り払って歩き出す。

わしはおあきと本当に一緒になれるのだろうか。なれるとしたら、この世にわし以上の果報者《かほうもの》はおらぬのではないか。

外は昨日よりも幾分かあたたかい。曇り空だが、南から風が吹いており、どこか春を感じさせる。

江戸も寒いが、雪に降り込められる故郷にくらべたら、たいしたことはない。

二

四半刻もかからずに、小石川下冨坂町に入った。それからほんの半町ばかり歩いて、琢ノ介は足を止めた。

通りの左側に、菱田屋と記された扁額《へんがく》が掲げられた建物がある。路上に、桂庵《けいあん》菱田屋と書かれた小さな看板が置かれていた。入口には、御奉公人口入所と染め抜かれた暖簾がかかっている。店の間口は十間ほどもあり、とても口入屋とは思えない広さである。

琢ノ介は息を吸った。深く吐き出してから、暖簾に歩み寄った。手を伸ばして払おうとしたそのとき、ふと誰かに見られているような心持ちになった。

むっ。立ち止まり、さりげなくあたりを見回してみた。

こちらを見ているような者はいない。だが、勘ちがいなどではない。何者かが近くにいて、こちらを見ていたのは疑いようがない。菱田屋が用心棒を依頼してきたのは、今の目と無関係ではないはずだ。

琢ノ介は暖簾をくぐり、店に足を踏み入れた。広い土間になっており、別に行《あん》灯《どん》が灯されているわけでもないのに、かなり明るい。外の光をできるだけ採り入れられるよう、建物に工夫がなされているようだ。

まわりの壁一面に、おびただしい紙が貼られていた。奉公先と仕事の中身が箇潔に記されている。

「いらっしゃいませ」

帳面を手にした番頭らしい者が朗《ろう》とした声を放って寄ってきた。立ち居振る舞いがきびきびしており、いかにも練達《れんたつ》そうである。三十代半ばと思えるが、あるじの指示がなくても、自ら判断して、てきぱきと仕事をこなしていきそうな雰囲気を持っている。

「もしや平川さまではございませんか」

いきなり名を呼ばれ、琢ノ介は驚いた。これは話が通じているということだろうが、他の店ではこのようなことはほとんどない。たいてい、仕事をお探しでございますか、ときいてくるのが常だ。

「どうしてわかる」

「あるじよりうかがっていたご風貌通りのお方だからでございます」

どんな風貌なのか聞きたかったが、琢ノ介は思いとどまった。代わりに胸を張った。押し出しのよいほうが、依頼主は安心する。

「うむ、わしは紛《まご》うことなく平川琢ノ介だ」

落ち着きを感じさせる声音を出す。

「はい、よくいらしてくださいました」

笑みを浮かべて番頭が深く辞儀する。

「あるじの紺右衛門がお待ちしております」

琢ノ介は番頭に案内され、店に上がった。廊下を進んでゆく。

両側にいくつか部屋があり、文机を前に何人かの奉公人が書類仕事をしていた。真剣な目で帳簿に何事か書き込んでいたり、帳面をじっと読み込んでいたりした。

私語はまったく発せられず、帳面を繰《く》る音くらいしか耳に届かない。

たいしたものだな、と琢ノ介は思った。自分の知っている口入屋とはだいぶ趣《おもむき》が異なる。菱田屋に番頭が何人いるかわからないが、もしなにごとか厄介事が持ち上がった場合、それぞれが一人で解決できるだけの力を持った者たちという気がする。そういう者でないと、番頭には登用されないのではないか。

奉公人たちは誰もが忙しそうにしているが、目が生き生きとしており、仕事にやり甲斐を感じている様子がはっきりとうかがえた。

こういう者たちを育て上げた紺右衛門という男もすごいな、と琢ノ介は感嘆するしかなかった。二年半ばかり前に死んだという先代が遺していったものもあるのだろうが、紺右衛門自身で築き上げたものも少なくないにちがいない。

「こちらでございます」

番頭が足を止め、『和』と大書されている襖《ふすま》を指し示す。これは、と琢ノ介は思った。あるじの信条だろうか。

「旦那さま、平川さまがお見えでございます」

言うと同時に、襖が音を立ててあいた。敷居際に長身の男が立っていた。丸い鼻が琢ノ介の目の前にある。栗色の瞳が赤子のように澄んでおり、いかにも聡明そうな男だ。

「平川さまでございますか。たまたま店に出ようとしたところ、立ったままでお迎えするとは、ご無礼いたしました」

男がていねいに頭を下げる。

「手前、紺右衛門と申します。よろしくお願いいたします。――お入りください」

琢ノ介を招き入れる。

「こちらにお座りください」

座布団を勧めてきたが、琢ノ介は後ろに引き、畳に正座した。紺右衛門も同様にした。

「気にせずに座布団を敷いてくれ。足が痛かろう」

「いえ、大丈夫でございます」

紺右衛門はにこにこしている。

「いまお茶をお持ちいたします」

番頭がいい、紺右衛門がうなずく。

「頼むよ」

番頭が一礼し、襖を閉じて去っていった。襖のこちら側には『合』という字が大きく墨書されていた。

「平川さま、よくいらしてくださいました」

紺右衛門が畳に両手をつく。

「ご評判は、米田屋さんよりうかがっております。職務に忠実なすばらしい腕利きと絶賛されておられました」

「米田屋がそのようなことをいっていたのか」

紺右衛門が顔をほころばせる。

「さようにございます。意外に感じておられるようですね」

「あの親父、人はよいが、口は悪いゆえな。わしのことをほめているとは、夢にも思わなんだ。おぬし、米田屋とは仲がよいのだな」

「はい、親しくさせていただいております。手前は米田屋さんのような商人になりたいと常々思っております」

「それはまた大層な言いようだな」

座敷は掃除が行き届いており、とても過ごしやすい。右側の腰高障子が半分あけられ、そこから穏やかに風が吹き込んでいる。濡縁《ぬれえん》が設けられ、その先は手入れのされた緑の濃い庭になっていた。

「率爾《そつじ》ながらおたずねする。おぬし、いくつかな」

琢ノ介は丁重にきいた。

「二十九でございます」

「ほう、そうか。わしと同じか」

「平川さまも二十九でございますか」

「意外か」

ごまかすのもどうかと思ったのだろう、紺右衛門が苦笑混じりにうなずく。

「正直、手前よりも歳上かと思っていました」

「そうか。わしは貫禄がありすぎるのでな」

琢ノ介は冗談とも本気ともつかぬようにいった。

茶がもたらされた。

「どうぞ、お召し上がりください」

紺右衛門にいわれ、琢ノ介は湯飲みを手にした。ゆっくりとすする。上品な甘みとまろやかな苦みが口中をきれいにしてくれるような気がする。気分がさっぱりした。

「こいつはよい茶だ。このような茶がよく手に入るものだ」

琢ノ介は感嘆を隠せない。

「茶だけは贅沢《ぜいたく》をしようと思いまして、方々に手を回しました。それでこの茶が最上に思えましたので、ふだんより飲むようにしています」

「ふだんから。来客用の茶ではないのか」

「奉公人にも飲んでもらっています」

「おいしい茶は気持ちを落ち着かせてくれます。やる気も出ます。奉公人たちがせっせとがんばってくれれば、安いものでございますよ」

「なんだと」

「これだけの茶をふだんから飲んでいるのであれば、奉公人たちもやる気になるだろうな」

紺右衛門がにこにことうなずく。

「その襖の『和合』というのは、そなたの心持ちをあらわしているのかな」

「皆で力を合わせて仲よく一所懸命にやれば、店も儲かり、皆の懐も潤うということでございます。手前は、儲けた分はできるだけ奉公人の給金に乗せようと考えています。お金は、ないよりもあったほうが誰でもうれしゅうございますからね」

「わしにも弾んでくれるようだな」

「お聞きになりましたか。はい、一日一分ということでお願いいたします」

琢ノ介は安堵した。懐にまだ十六両が手つかずである上に、四日で一両になる仕事にありつけた。金が金を呼ぶというのは本当かもしれぬ。

もっとも、やはり危うい仕事だからこそ、高給なのだろう。背筋を伸ばし、紺右衛門に眼差しを当てる。

「本題に入るのがだいぶ遅れたが、おぬしの用心棒というのは、どういうことなのかな」

一転、紺右衛門が険しい顔になる。

「手前はここのところ、何者かに監視されているような気がしてならないのでございます」

やはりそうだったか、と琢ノ介は思い、先ほど店先で感じた目を思い起こした。

「その何者かを見たことはあるのか」

「いえ、一度もございません。ただ、勘ちがいでは済まされない感じがするものですから。とにかく気味が悪くて仕方ありません」

「これまで命を狙われるというようなことはあったのか」

紺右衛門が考え込む。

「いままでできるだけ誠実に生きてきたと思っております。心当たりはございません」

まだこの続きがあるようだ。琢ノ介は口を挟むことなく待った。

「口入屋と申しますと響きはよろしいのですが、実際は人買いのような商売でございます。このような商売をしていると、人さまにどのようなことでうらみを買っているか、正直知れたものではございません。命を狙われても、不思議はないのかもしれません」

「人買いといったな」

「はい。手前どもは、女衒《ぜげん》のような真似もいたします。地方に番頭さんをやって、若い女を買い集めてくるということもしておりますので」

「買い集められた娘たちは皆、女郎になるのか」

「女郎になる娘が多いのですが、すべての娘がなるわけではないのです。武家屋敷に奉公に上がったり、商家の奉公人になったり、富裕な者の妾《めかけ》になったりいたします」

「待遇のよい娘もいるのだな。その行き先のちがいはどこから生じる」

「親の意向です」

「親に決められてしまうのか」

「女郎になるのと商家に奉公に上がるのとでは、親に入る金がまったくちがいます。どちらが高いか、ご説明申し上げるまでもないと思います。もちろん、そのことを知っていて、家の者を助けるために自ら女郎を望む娘も少なくありません」

「親たちを救うために、自ら苦界《くがい》に身を沈めるのか。なんとも、やりきれんな」

「さようでございますね」

紺右衛門の目に、悲しみとも憂いともとれるような色が浮かんだ。

「女郎になっても、運がよい者は、商家の旦那に見初《みそ》められて身請《みう》けされ、内儀におさまったり、お妾になったりできますが、そういう者はほんの一握りでございますね」

「そうだろうな。すべての者に運があるわけではない」

紺右衛門がすっかり冷めた茶に口をつける。

「この店には、奉公先が決まるまで娘たちを置いておく寮もあるのでございますよ」

大きな口入屋にはそういう建物があるという話は耳にしていた。実際にあるというのはここが初めてだ。

「どこにある」

「この庭の向こう側でございます」

琢ノ介は、あいている腰高障子の先に見える庭に目を向けた。ここからでは、娘たちの寮は木々に邪魔されて見えないようだ。

「ああ、申し上げるのを忘れていました。こちらをお受け取りください」

紺右衛門が懐から重みのありそうな巾着袋《きんちゃくぶくろ》を取り出した。

「こちらには、使いやすいように一朱金で八十枚、入ってございます。平川さまがお望みなら、小判で差し上げますが」

琢ノ介は巾着袋をまじまじと見た。

「一朱金で八十枚ということは」

一朱は十六枚で一両だ。琢ノ介は素早く計算した。

「しめて五両か」

「さようにございます。これは支度金でございます」

「支度金の話など聞いておらぬが」

「どうぞ、お受け取りください」

確かに紺右衛門は冗談をいっている顔ではない。琢ノ介は手渡された巾着袋を見つめた。ずしりとしている。一朱金が八十枚も入っていれば、当然だろう。

「本当にもらってよいのか。なにぶん、こんなことは初めてのことゆえな」

琢ノ介は念押しした。

「どうぞ、ご遠慮なく」

かたじけない、といって琢ノ介は巾着袋を懐にしまい入れた。胸のあたりが、ずんと重くなった。うれしい重みで、顔がにやけてくるのを止めようがない。

それを見届けて、紺右衛門が手のひらを打ち合わせた。ぱんぱんとよい音が響く。

すぐに襖の向こうに人の気配が立った。失礼いたしますといって、先ほどとは別の男が入ってきた。紙を大事そうに手にしている。

「持ってきたかい」

「はい、こちらでございます」

男が紙を紺右衛門の前にていねいに置く。二枚あった。紙には、なにやらいろいろと書かれている。

「これは雇用の証文でございます。どうぞ」

紺右衛門が一枚を琢ノ介が読みやすい向きに変えて、畳の上を滑らせてきた。

琢ノ介は紙を手にし、目を落とした。

そこには、平川琢ノ介は菱田屋紺右衛門の警護を少なくとも一月《ひとつき》は続けること、その後は相談の上になるが、紺右衛門が望むあいだは続けること、もし一月を前にやめるときは違約となり、金五十両を紺右衛門に支払うことと記されていた。

琢ノ介は目をむいた。

「この金五十両というのは」

紺右衛門が穏やかにいう。

「文面の通りでございます」

「もしこちらの都合で一月以内に用心棒をやめざるを得なくなったとき、五十両を払わなければならぬのだな。もし五十両が払えぬときはどうなるのだ」

「お縄になります」

紺右衛門がなんでもないことのようにさらりといった。

「お縄か」

「平川さま、一月などあっという間でございますよ。一月を待たずに手前を狙う者を平川さまが退治《たいじ》なされたときは、当然のことでございますが、もちろんおやめになっていただいてけっこうでございます」

琢ノ介は少し考えた。これまで用心棒の仕事を数多くこなしてきたが、一月もかかるような仕事はなかった。だいたい半月も用心棒をしていれば、片がついた。

　きっと今回も同じだろう。別に五十両を払うような事態に陥ることはあるまい。琢ノ介は高をくくった。

「この紙に名を書けばよいのか」

　さようにございます、と紺右衛門がたっぷりと墨をつけた筆を渡してきた。

　琢ノ介は受け取り、自分の名を二通の証文にすらすらと書いた。

「一通は平川さまがお持ちください。もう一通は手前どもが保管いたします」

　証文の墨が乾くのを待って、紺右衛門が一通を渡してきた。折りたたむと、琢ノ介はそれを袂に落とし込んだ。

　もう一通は、紺右衛門が奉公人に渡した。それを手に奉公人が部屋から出ていった。

　紺右衛門がひと安心の顔になる。

「これで、手前は晴れて平川さまの警護を受けられるということでございますな」

「そういうことだ」

琢ノ介は胸を叩いた。

「大船に乗った気分でいてもらってけっこうだぞ」

「なんとも頼もしい」

紺右衛門がにこやかに笑う。ところで、と顔を引き締めていった。眉に憂いが出ている。

「米田屋さんが体調を崩されたと聞きましたが、具合はいかがですか」

「知っていたか。うむ……」

琢ノ介は言葉を濁した。余命半年などとは、さすがにいえない。

「平川さまもご存じでしょうが、米田屋さんは縁起《えんぎ》を担ぐ人で、以前は左足からしか草履《ぞうり》を履《は》かないとおっしゃっていました。しかし、近頃は右足から履くこともございまして、なんとなく以前の米田屋さんではないなあ、とちょっと心配していたのでございます。そうこうするうち、寝込んだというお話を聞きまして」

「あまりよいとはいえぬのだが、腕のいい医者がついてくれたから、さして気にかけずともよかろう」

「さようでございますか。米田屋さんにはお世話になりました。この商売のやり方も、惜しみなく教えてくださったのです。米田屋さんのためなら、手前にできることはなんでもさせていただくつもりでございます」

「ありがたい言葉だ」

「ところで平川さま」

紺右衛門が口調をあらためた。

「これから出かけます。さっそく警護をお願いできますか」

すっくと立ち上がる。顔に厳しさが宿っている。

「どこへ」

「米田屋さんですよ」

「承知した」

きっと見舞いに行くのだろう、と琢ノ介は考えた。

紺右衛門が外に出る。行ってらっしゃいませと、ほんの数人の奉公人が見送る。近くに居合わせた者だけが出てきたらしく、ほかの者たちはそのまま仕事を続けている。

「供はわしだけか」

「さようでございます。他の者たちには仕事がございます。手前の供につくよりも、仕事に専念したほうが店のためになります」

琢ノ介は紺右衛門の前に出て、あたりに警戒の目を投げながら歩き進んだ。怪しいと思える者はどこにもいない。気配も感じない。

四半刻後、琢ノ介と紺右衛門は米田屋の暖簾の前に立った。菱田屋に比べると、だいぶ小さい。活気にも欠ける。

だが、初めてこの店の暖簾をくぐったときのことを琢ノ介は忘れていない。訪いを入れると、糸のような目を柔和に細めた固太りの男が出てきて、お仕事をお探しですか、ときいてきた。琢ノ介が、そうだと答えると、剣の腕に自信があるか問われた。そこそこある、と適当にいったら、すぐに細い目の男は用心棒の仕事をくれたのだ。

のちに、どうしてあのときあんなにあっさりと仕事をくれたのか、とたずねたことがある。一目見て悪いことはしない人だとわかりましたからね、と光右衛門はさらりと答えたものだ。腕のほうは正直、怪しいとは思いましたけど、もし依頼主が襲われるようなことがあったとしても決して逃げないお方だと確信できたのですよ、ともいった。それがいちばん肝心《かんじん》なのですよ。腕があっても逃げる人は駄目でございますからね。

光右衛門はほかの店のあるじとは、まったくちがった。この店に来て光右衛門と出会えたからこそ、今の自分はあると琢ノ介は思っている。用心棒として活計《かっけい》を立てることもできた。

あれからまだ長い年月は流れていない。それにもかかわらず、恩人が重い病にかかってしまった。恩返しもできていないのに、と琢ノ介は涙が出そうだった。

「平川さま、いかがされました」

琢ノ介は顔を上げた。

「いや、なんでもない」

こんなことではいかぬ、と思った。紺右衛門への注意がおろそかになっていた。もしいま襲いかかられていたらどうだっただろう。危うかったのではないか。なにもなかったことに、琢ノ介は安堵の息を漏らした。

米田屋に上がった紺右衛門は、光右衛門の寝間を訪れた。

「ああ、見舞いに来てくれたのか」

紺右衛門の顔を見て、光右衛門はうれしそうだ。

「お見舞いが遅くなって申し訳ありません」

枕元で紺右衛門がこうべを垂れる。

「具合はいかがです」

「あまりよくないが、これから元気になることになっている」

「早くよくなってください」

「がんばるよ」

紺右衛門が光右衛門をじっと見る。しばらく見つめてから、口をひらいた。

「米田屋さん、以前からお返しいただけるようお願いしてきましたが、この店の引き渡しはいつになりましょう」

なにをいっているのだ、と琢ノ介は思った。ちょうど茶を持ってきたおれんも驚いて、盆をひっくり返しかけた。

「ああ、その話か」

光右衛門が少し弱った顔になる。

「もう少し待ってもらえるとありがたいのだけどな」

「申し訳ありませんが、米田屋さん、うちとしてもあまり待てないのですよ」

「そうかい」

「ちょっと待ってくれ」

我慢できず、琢ノ介は言葉を挟んだ。

「この店は、菱田屋からの借り物なのか」

光右衛門にただす。

「実はそうなのです」

光右衛門がか細い声で答える。

「これが証文でございますよ」

紺右衛門が懐から一枚の古ぼけた紙を取り出し、手渡してきた。受け取った琢ノ介は書面に目を注いだ。

うなるしかなかった。そこには、この地所が紛れもなく菱田屋のものである旨が記され、三十年以上も前に光右衛門が借りたことがはっきりと書かれていた。

琢ノ介は、おれんにも証文を見せた。一読するや、おれんがどういうことなのか、説明してほしいという目で光右衛門を見た。

「この土地と建物は、もともと手前の父親のものだったのです。それを商売をはじめるという米田屋さんに貸していたのです」

「だが菱田屋、それを今になってどうして返せというのだ」

「手前は商売を広げたいと思っています。ここは恰好《かっこう》の場所でございます」

「しかし菱田屋」

琢ノ介は呼びかけた。

「なにも米田屋がこのようなときにそんなことをいい出さずともよいではないか。ちとやり方が阿漕《あこぎ》ではないか」

紺右衛門がかぶりを振る。

「商売は勢いが大事でございます。手前はもっと商売を広げたい。そこに阿漕もなにもあったものではございません。それにずっと前から米田屋さんには申し上げていました」

きっぱりと言い切った。

琢ノ介は呆然とするしかなかった。寝耳に水とは、まさにこういうことをいうのだろう。

——このような男の用心棒はできぬ。

琢ノ介はさっさとやめてしまおうと考えたが、先ほどの雇用の証文に思いが至った。五十両など、とても払えない。懐にあるのは、その半分もないのだ。まさか、割って払うというわけにもいかぬだろう。

それに、証文を無視して琢ノ介が警護をやめたのち、もし紺右衛門が殺されるようなことになったら、あまりに夢見が悪い。紺右衛門が殺されるのは自業自得かもしれないが、一度引き受けた用心棒を放り出すというのも、どうかと思う。

それでは用心棒をもっぱらにする者として、失格ではないか。

それに、もし紺右衛門が畏れながら、と琢ノ介のことを町奉行所に訴え出たら、果たしてどうなるのか。牢屋に入れられることになるのか。仮に入れられないとしても、江戸所払いということにならないか。

それはまずい。まずすぎる。今の自分には江戸のほかに住みかはない。所払いなどという裁きは決して受けたくない。

くそう。五両を喜んで受け取った自分は、愚か者以外の何者でもなかった。

どうにも罠にはめられた気分だ。

しかし、後悔したところで、あとの祭りとしかいいようがなかった。

「どうされました、平川さま」

さらりときいてくる紺右衛門が憎らしくてならない。

「まさか、手前の用心棒をおやめになるつもりではないでしょうね」

琢ノ介は口をへの字に曲げた。

「その気はない」

内心を押し隠し、昂然といってのけた。

「その言葉をうかがって、手前、安心いたしました」

紺右衛門がにっこりと笑う。

琢ノ介はそっぽを向いた。人のいい笑顔が癪《しゃく》に障《さわ》ってならない。頬をつねり上げてやりたかった。

三

腰高障子を叩こうとして、直之進は手を止めた。

「湯瀬か」

低いが、響きのよい声が聞こえた。

「入ってくれ」

「邪魔をする」

直之進は腰高障子を横に滑らせた。

佐之助《さのすけ》は布団の上に座り込んでいた。

「もう起きられるのか」

驚き、直之進はただした。

「いつまでも寝ていられるか。湯瀬、そんなところに突っ立ってないで、座れ」

「あ、ああ」

直之進はその言葉にしたがった。

「一人か」

長屋には千勢《ちせ》もお咲希《さき》もいない。

「千勢は医者のところに薬をもらいに行っている。お咲希は手習所だ。もうとっくに手習は終わっている刻限だが、友垣と遊んでいるのだろう」

直之進は佐之助を見つめた。

「元気そうだな。安心したぞ」

佐之助は顔色もよい。員辺兜太に斬られた直後は、このまま死んでしまうのではないかと覚悟をしたほどだったが、こちらが考えていた以上の快復ぶりである。肉が落ちてだいぶやせているが、この分なら、以前の体つきを取り戻すのに、さしてときはかかるまい。

「さすがにしぶといな」

いいながら、直之進は心からの安堵を覚えている。

佐之助がにやりとする。

「しぶとさではおぬしに勝てぬが、なんとか傷には勝ったようだ」

「千勢どのの看護も効いたのだろうな」

うむ、と佐之助が顎を引く。

「感謝している。千勢やお咲希がいなかったら、俺は死んでいたかもしれぬ。いや、まちがいなくくたばっていただろうな」

「もう立てるのか」

「まだ無理はできぬが、医者は近いうちに外出できるようになるといっていた」

「そうか。外が恋しかろう」

「早く出歩きたくてならぬ」

直之進の脳裏には、お咲希と手をつないで歩く佐之助と千勢の姿が映り込んでいる。

「見舞いというのに手ぶらで来てしまった。倉田《くらた》、なにかほしい物はないか」

ふふ、と佐之助が小さく笑う。

「別にない」

「腹は減っておらぬか」

「腹はな、前より減り方が遅い。まだ体が元通りになっておらぬ証だろう。これで前のように食い気が出て、むさぼるように食べられれば、本復といえるのだろうな」

「血色がよくて健やかそうだ。いずれ前のようになろう」

「湯瀬」

佐之助が呼びかけてきた。

「俺はやせたか」

「前に比べたら、細くなったのは確かだ」

「自分でも体が軽くなっているのがわかる。なにしろ、風に飛ばされる夢まで見たからな。凧《たこ》のようにどこまでも飛んでゆくのだ。気持ちよかったが、このままずっと飛ばされたら江戸に戻るのがたいへんだな、と思ったところで目が覚めた。千勢とお咲希がそばで寝ていて、ほっとしたものだ」

佐之助が見つめてきた。

「なにか気がかりがある顔だな」

直之進ははっとした。

「わかるか」

「まあな。なにがあった」

「米田屋が病に倒れた」

直之進はためらうことなく口にした。

佐之助が形のよい眉根を寄せる。

「悪いのか」

「いいとはいえぬ」

「まさか治らぬのではなかろうな」

「そのまさかだ。今日、新たな医者に診てもらってはっきりした」

「その医者の見立てちがいということはないのか」

「ないだろうな。診てくれたのは、老中首座の御典医だ」

「御典医……」

佐之助が一瞬、目をみはる。

「とんでもないところに手をまわしたものだな」

「いや、褒美をくれるというから、ならば御典医を差し向けてほしいと頼み込んだのだ」

「それで、本人に病状を話したのか」

佐之助が納得の顔になる。

「話した。取り乱したりしなかったのは、さすがだと思ったが」

「こればかりは誰にもわからぬが、心のなかは嵐が吹き荒れているのかもしれぬぞ」

　そのことは直之進も考えた。どんなに歳を取ろうと、誰だってもっと生きたいと思うのが当たり前だ。

「妙薬はないのか」

「残念ながら。今できることは、米田屋に悔いの残らぬように、したいことをなんでもさせてやることだけだ」

「米田屋だけではないぞ。おぬしらも悔いを残さぬことだ。もっとしてあげればよかったと、あとで思うことだけは避けるべきだ」

「その通りだな」

「湯瀬、早くおきくを妻にし、孫を抱かせてやれ」

「うむ、そうしよう」

「いつ祝言を挙げる」

「明日にでも、といいたいところだが、そうもいかぬ」

「半月以内にやれ」

「考えておこう」

「必ずしろ」

「できるだけのことはする」

直之進は、佐之助の顔に疲労の色が出ていることに気づいた。

「疲れたか。すまぬな、長居してしまった」

「長居ということはあるまい。じき千勢も帰ってこよう。茶くらい、飲んでゆけ」

「いや、やはりお暇《いとま》しよう。千勢どのに、よろしく伝えてくれ。もちろん、お咲希ちゃんにもだ」

「承知した」

直之進は立ち上がった。土間で草履を履き、腰高障子をあけた。

「湯瀬、おきくを大事にしろ」

「わかっている」

直之進は佐之助に笑いかけた。

「おぬしを見習うつもりだ」

佐之助も笑い返す。

「よい心がけだ」

直之進は歩を踏み出した。腰高障子を閉める。佐之助の顔がゆっくりと消えていった。

風に背中を押されて歩きながら、祝言か、と考えた。本当に早いところ挙げねばならぬ。

仲人《なこうど》も考えねばならぬ。誰がよいだろうか。

登兵衛どのだろうか。それとも別の者か。といっても、ほかにそれらしい者が見つからない。

江戸では大勢の知り合いができたと思っていたが、そうでもないのではないか。

直之進は、いま自分はどこに向かっているのだろう、と思った。米田屋か。それとも長屋なのか。

今は七つどきくらいか。小腹が空いてきている。なにか腹に入れたい。米田屋に行けば、おきくたちがおいしいものをつくってくれるだろう。だが、それでは琢ノ介となんら変わらないではないか。

だが、おきくは許嫁《いいなずけ》である。なにも遠慮はいらないのではないか、という気もする。また顔を見せれば、喜んでくれるのではないか。すでに道は小日向東古川町に入っている。

さてどうするか。

直之進が迷ったとき、ひったくりだあ、と叫ぶ声が聞こえた。見まわすと、こちらにまっすぐ走ってくる若い男がいた。歩いている者たちを突き飛ばしかねない勢いで、風呂敷包みを小脇に抱え込んでいる。その背後では、荷物を奪われたらしい男が路上に倒れ込んだまま、手を伸ばしている。

またもや目の前でことが起きた。ここのところ、立て続けではないか。そういう巡りあわせなのだろうか。とにかく捕まえるしかあるまい、と直之進は判断し、若い男の前に立ちはだかろうとした。

それに気づいた男が左の路地に入ろうと急に方向を変えた。その拍子に、足を滑らせ、素っ転んだ。手のうちの風呂敷包みが飛び、商家の塀に当たって地面に落ち、茶碗が割れるような激しい音が立った。

ああ、と転んだ男が声を発した。手で土をひっかくようにして立ち上がり、あわてふためいて風呂敷包みに近づく。大急ぎで風呂敷を解き、なかの木箱をあけた。のぞき込んで頭を抱える。

「ああ、やっちまった」

直之進は近寄り、木箱を見た。なかには茶碗らしい残骸があった。ものの見事といっていいくらい、砕けている。

若い男が直之進をにらみつけた。

「あんたが悪いんだ」

男の言葉に、直之進は面食らった。

「割れたのは俺のせいだというのか。ひったくりがえらそうにいうな」

「俺はひったくりなんかじゃない。取り返しただけだ」

「これは、もともとおまえの持ち物だったというのか」

「俺のではないのだが」

背後からよたよたした足音が聞こえた。振り返ると、風呂敷包みをひったくられた男がやってきたところだった。風呂敷包みを奪われたときに膝でも打ったか、足を引きずっている。思った以上に歳はいっており、五十代半ばといったところか。商人らしい身なりだ。

「ひゃあっ」

木箱を見つめ、男が頓狂な悲鳴を上げた。

「な、なんてことだ」

「それは茶碗だな。値打ちがあるものなのか」

直之進は五十男にたずねた。正しくいえば、値打ちがあったものなのか、になるのだろう。焼物は割れたときに破片を継いで修繕することもあるそうだが、木箱のなかの茶碗は粉々だ。

「値打ちはありましたよ。三十五両の品ですからね」

そんなに高いのか。直之進は驚いた。

五十男が直之進を憎々しげに見る。

「割れてしまったのはお侍のせいですよ。下手に捕まえようとするから」

この言い草には、かちんときた。

「おぬしがひったくりだと叫んだから、捕まえようとしたのだ」

「捕まえてくれとは誰も頼んでいませんよ」

「だったら、なにもせずに見過ごせばよかったのか」

言い返すと、男がうつむいた。

「そうはいいませんが」

「悪いのは、こいつだ」

直之進は、ひったくった男に目を転じた。この場から逃れるつもりでいたようで、男はこそこそと背中を見せていた。

「待て」

直之進は手を伸ばし、肩をがっちりとつかんだ。男が顔をしかめる。

「痛い、そんなに強くつかまないでください」

「うるさい」

直之進は商人らしい五十男を見た。

「役人を呼んでこい」

「承知いたしました」

木箱を見て、ため息をついてから男は自身番を探しに歩き出した。それを見届けて、直之進は若い男を見つめた。

「おい、事情を話せ」

「話したところで、もうしようがないじゃないですか」

男がぷいと横を向いて答える。

「いいから話せ。俺が知りたいのだ」

直之進は語気荒くいった。男がびくりとし、あとずさりかける。

「お侍、お優しい顔をしているのに、怒ると怖いんですね」

「当たり前だ。ひったくりとひったくられた者に、割れたのはおまえのせいだといわれたのだ。機嫌がいいはずがなかろう。早く話せ」

わかりました、と男がいった。

「この割れた焼物は『暖松《だんしょう》』という銘がついた茶碗です。あの岩居屋《いわいや》の野郎は三十五両っていいましたけど、岩居屋が買い取った代はたったの二朱ですよ」

「誰から買い取ったのだ」

「手前の師匠です。梅影《ばいえい》という焼物の名人です」

「暖松も、その梅影さんが焼いたものか」

「いいえ、暖松はもっと古いもので、戦国の昔に梅影師匠のご先祖である梅新《ばいしん》という人が焼かれたのです」

「戦国の昔の作だから、三十五両もの値がつくのだな」

これまで何百年も無傷できたのに、割れてしまう瞬間に居合わせてしまうなど、なんともいえない気分だ。

「それなのに、たったの二朱で買い取ったというのはどういうことだ」

男が唾を吐くような顔つきになった。

「岩居屋の野郎、梅影師匠が耄碌《もうろく》しちまったのをいいことに、騙して二朱で買い取ったんですよ。手前が留守中の先ほどのことでした。手前が外出したのを見計らって来たんですよ。戻ってくると、師匠の文机に二朱で岩居屋に売りますという証文があるのを見つけました。横に二朱金も置かれていたんです。それで、たった今なにがあったか、覚ったのです。岩居屋を追いかけました」

「それでひったくったのか」

「いえ、ひったくったわけじゃありません。岩居屋を見つけて押し問答になったのですが、埒《らち》があかず、手前は二朱金と証文を投げつけて暖松を取り戻したんです。それで走り出したところにお侍がいらして、このようなことに……」

　無念そうに木箱を見やる。

「悪いことをしていないのなら、どうして逃げ出そうとした」

「逃げ出そうとしたわけじゃありません。暖松がかわいそうで、師匠の手に戻そうとしただけですよ」

　そうだったか、と直之進はいった。

「今の話に偽りは一切ないな」

「はい、ありません」

　男がきっぱりと答えた。

岩居屋が戻ってきた。うれしいことに、定廻り同心《じょうまわりどうしん》の樺山富士太郎《かばやまふじたろう》と珠吉《たまきち》が一緒である。もっとも、この町は富士太郎の縄張だから、呼ばれてやってくるのはこの二人に決まっていた。

「あれ、直之進さんじゃないですか」

富士太郎が弾んだ声を出す。珠吉も頬をゆるめている。岩居屋が直之進を見て、町方の知り合いか、という顔をしている。

直之進は富士太郎たちに会釈し、言葉を発した。

「富士太郎さんたち、この町にいたのか」

「ええ、見廻りがすんだので、米田屋さんを見舞おうかと思ってやってきたんです。そのほうが、ときの気兼ねをしなくてすむので」

相変わらず心優しい男だ。

「どうしました。ひったくりがあったそうですけど」

直之進は、目の前で起きたことをすべて語った。

「なるほど、それで高価な焼物が割れてしまったわけですね」

富士太郎は若い男に目を向けた。

「おまえさん、名は」

「宇吉《うきち》といいます」

「ひったくったのは、まちがいないんだね」

「いいえ、ひったくってなんかいません」

「なにをいっているんだ。ひったくったじゃないか」

岩居屋が怒鳴る。

「取り返しただけだ」

宇吉が怒鳴り返す。

「二人ともやめな」

富士太郎が厳しい声で命じる。二人は黙り込んだ。

「おいらにもよくわかるように、事情を説明しな。まずは宇吉からだ」

宇吉が唇をなめ、それから話し出した。直之進に話したのとまったく同じだ。

「おまえは、岩居屋が騙して援松を奪ったというんだね」

「冗談じゃない」

岩居屋が憤然とする。

「うるさい」

富士太郎が一喝する。ひっ、と喉を鳴らして岩居屋が口を閉じた。

「よし、おまえの番だよ。話しな」

岩居屋が宇吉をにらみつけた。

「騙したなんて冗談じゃないですよ。いくらで売っていただけますか、と手前は梅影さんに頼んだのです。そうしたら、二朱でいいっていうんで、手前はびっくりいたしました。いくらなんでもそれは安すぎますよ、といったのですけど、二朱でいいっていい張られるので、あとあと諍《いさか》いの元にならないように、証文を書いてもらったんですよ」

「お師匠は耄碌しているから、値のことなんか、わからないんだ。それに俺の留守を狙って来やがったくせに」

「宇吉、ちょっと待ちなよ。岩居屋、おまえさんは梅影さんが耄碌していることを知っていたのかい」

「いえ、知りませんでした」

「嘘じゃないね」

富士太郎が確かめる。

「はい、嘘ではありません」

「ところで、割れてしまった暖松はふつうならどんな値がつくんだい」

「三十五両です」

「それを二朱で買い取ったんだね。耄碌していることを知らなかったとはいえ、阿漕とは思わなかったのかい」

「本当にいいのかな、という気は確かにしました。でも、こちらも商売ですから、安く売ってくれるのをわざわざ高値に上げて買おうとは思いません」

「おまえ、暖松のことはいつ知ったんだい」

「半年ばかり前です」

「どうして知ったんだい」

「仲間内の雑談から、梅影さんのところにすばらしい茶碗があると」

「それですぐに買いに行ったのかい」

「はい」

「そのときには売ってもらえなかったんだね」

「見せてもらっただけです」

「そのとき梅影さん一人じゃなかったんだね」

「そこの宇吉さんが一緒でした」

「梅影さんには会ったんだね」

「会いました」

「宇吉から耄碌していると、教えられなかったのかい」

「覚えていません」

「でも、会ったのなら耄碌しているとわかったはずだよ」

「いえ、わかりませんでした」

「嘘をいうんじゃないよ」

富士太郎がぴしゃりといった。

「梅影さんのことは縄張の住人だから、おいらは知っているんだ。もう金勘定なんかまったくできないほど、耄碌しちまっているんだ。暖松を二朱で売るだなんて、いうはずがないんだよ。おまえが無理に二朱で売らせたのは、まちがいないんだ」

「そ、そんな」

「岩居屋。なんなら、お白州《しらす》に出るかい。騙して売らせたのがわかったら、少なくとも江戸所払いになるよ。下手したら遠島だ。それでもいいのかい。そのあたりに二朱金が落ちているだろ。さっさと拾って帰りな。暖松も割れちまったし、もうそれでかまわないだろ。どうだい」

「はあ」

くっと唇を噛んで、岩居屋は釈然としない顔つきである。

「宇吉さんはどうなるんですか」

「今から決めるよ。おまえは帰りな」

悔しそうに富士太郎を見ていたが、小さくうなずいた。

岩居屋が道を戻り、二朱金を探しはじめた。見つかったようで、懐にしまい入れた。それから肩を落として歩き出した。

そこまで見届けて、富士太郎が宇吉に向き直った。

「宇吉、あれは暖松じゃないね」

木箱を指さしていう。

「えっ」

宇吉が驚愕の顔を見せる。直之進も目をみはった。珠吉も驚きを隠せない。

「もし足を滑らせたとしても、あれが暖松ならば、おまえさんが手から離すわけがない。身を挺《てい》して守ろうとするはずだ。梅影さんに残された最後のお宝だからね」

宇吉は黙り込んでいる。

「あれは暖松に似せてつくった偽物だね。おまえさんはわざとあの家の壁にぶつけ、割れるようにしたんだよ」

「しかし樺山の旦那、手前がどうしてそんなことをしなきゃいけないんですかい」

「岩居屋から暖松を守るためだ」

富士太郎が穏やかな口調で続ける。

「自分の留守中に岩居屋がやってくるのではないかと危ぶんだおまえは偽物を焼き、暖松の箱に入れておいたんだね。梅影さんのところの宇吉は腕がいいって評判だものね。暖松に似せてつくるくらい、お手の物だろう。派手に割ってしまえば、もう二度と岩居屋が狙うことはないからね、安心だ」

そういうことだったのか、と直之進は目を丸くした。

「もともと岩居屋はたいした目利きじゃないからね。おまえさんの焼いた偽物を見抜くことができなかった。三十五両の茶碗を二朱で買うというような、いかさまめいたやり口しかできないのさ」

宇吉が感嘆の眼差しを向ける。

「すべて樺山の旦那のおっしゃる通りです」

直之進も富士太郎に畏敬《いけい》の念を抱いた。すごいとしかいいようがない。以前のひ弱さを感じさせた富士太郎は今やどこにもいない。これほど明晰《めいせき》な脳味噌を持っていたなど、これまで気づかなかった。

「宇吉、その木箱を持って師匠のもとに帰りな。腹を空かして待ってるんじゃないのか」

「ああ、そうですね。また町内をうろつかれたら、まずいですものね。でも樺山の旦那、本当に帰っていいんですか」

「ああ、いいよ。誰も被害に遭っていないからね。宇吉、素っ転んだときに膝をすりむいたみたいだよ。ちゃんと手当てしておきな」

宇吉が裾をめくって膝を見る。右の膝に血が少しにじんでいた。

「わかりました。では樺山の旦那、これで失礼いたします」

直之進と珠吉にも黙礼してきた。直之進も、うなずき返した。

宇吉が木箱を大事そうに抱え上げ、歩きはじめた。夕闇が濃くなりつつあるなか、ゆっくり遠ざかってゆく。

「暖松を焼いた梅新さんのようになるかもしれぬ男ですよ。事件にならずに済んでよかった」

直之進は富士太郎を惚《ほ》れ惚《ぼ》れと見た。

「直之進さん、それがしに惚れたという目をされていますね」

「惚れたよ、富士太郎さん」

「もっと前ならよかったのに」

富士太郎が笑って悔しがる。

「それがしにも、今は好きなおなごができてしまいましたからねえ」

珠吉が満面に笑みを浮かべている。その顔を見て、直之進も気持ちが和《なご》んだ。

では一緒にと道を歩きはじめて、富士太郎たちとともに米田屋にやってきた。

ちょうどおきくが外に出て、暖簾をしまおうとしていた。

「あっ、直之進さん。樺山さま、珠吉さん」

明るい声を出す。

「おきくちゃんだよね。ずいぶんと久しぶりのような気がするよ。済まなかったね」

富士太郎が確かめてから無沙汰を詫びる。

「いえ、そんな久しぶりというほどではありませんよ」

「道々直之進さんにもきいたけれど、米田屋さんの具合はどうだい」

「午前はずっと寝ていましたけど、午後から調子がよくなったようです。おなかが空いたって、さっき早めの夕餉を食べました」

「食い気があるのは、とてもいいことだよ」

富士太郎がほっとした顔になる。

「じゃあ珠吉、米田屋さんを見舞おうかね」

「へい、そういたしやしょう」

勝手知ったる我が家とでもいうように、二人が奥に進んでゆく。直之進も続こうとしたが、ちょっと待ってください、とおきくに止められた。

四

「どうした」

直之進はおきくにただした。

「先ほど、平川さまから急ぎの使いがあったのです」

「琢ノ介が。なに用だろう」

「実は——」

おきくが、直之進が出ていったあと米田屋で起きた出来事を語った。

「ほう、そのようなことがあったのか」

直之進は大きく目を見ひらいた。

「琢ノ介はその菱田屋の用心棒か……」

「平川さまのご用というのは、地所の一件に関することではないかと思います」

琢ノ介の使いは、菱田屋に来てほしいとの直之進への伝言をおきくに頼んで立ち去ったという。

「直之進さんは、菱田屋さんをご存じですか」

「うむ、知っている。同業だな。米田屋とは仲がよいと聞かされている」

おきくが悲しそうな顔になる。仲がよいのに、どうしておとっつあんが重い病になったのを狙うように地所を返せといってきたのか。おきくだけでなく、米田屋の者すべてが信じられない思いだろう。

「とにかく菱田屋に行ってくる」

直之進はおきくに別れを告げ、足早に菱田屋に向かった。

小石川下富坂町に入ったときは、冬の短い日は暮れ、暗くなっていた。あたりは提灯《ちょうちん》が行きかいはじめていた。

菱田屋に話は通っており、自分の名を出すとすぐに店に上げられた。

琢ノ介は暗い四畳半にいた。直之進が来たことを知ると、行灯をつけた。

「委細は聞いた」

直之進から切り出した。琢ノ介がうなずく。

「まったく青天《せいてん》の霹靂《へきれき》というのは、こういうことをいうのだろうな」

「うむ。あるじの紺右衛門どのはあちらのほうか」

直之進は手で指し示した。

「書類を見ている。こことは二間ばかりあるが、もし賊が押し込んできても、間に合うだろう。——直之進」

琢ノ介が呼びかけてきた。

「米田屋の店が借り物だったことを知っていたか」

「初耳だ」

「直之進、どうすればよい」

琢ノ介が深刻な顔で問う。

「どうするもこうするも、すべてはおぬし次第だ。米田屋を継ぐ気なのだろう。ならば、自分でなんとかするしかあるまい」

「なんとかするといっても……」

「なにを気弱なことをいっているのだ。あそこを追い出されたとしても、よそに店を借りるだけの金はあるのだろう。富くじのことは聞いたぞ」

直之進は突き放すようにいった。

「そうか、あの地所を出てよそに借りるという手があったな」

「なんだ、そんなことにも思い至らなかったのか」

「あまりに突然でな」

「気持ちはわかるが」

直之進は琢ノ介の両肩をがしっとつかんだ。

「とにかく気持ちを強く持て。おまえが米田屋の跡を継ぐのだからな、すべては自分で決断してゆくんだ。おあきさんや祥吉も養わなければならぬのだぞ。琢ノ介、わかったか」

「うむ、よくわかった」

琢ノ介が見つめてきた。

「自分を信ずることにしよう。わしが跡継なのだからな」

「そういうことだ。琢ノ介、俺はこれで帰るが、大丈夫か。菱田屋の用心棒でなにか手伝えるようなことはないか」

　直之進は申し出た。

「この店に入るとき、目を感じたか」

　直之進はかぶりを振った。

「いや、感じなかった」

「いやな雰囲気は」

「それも感じなかった」

「そうか。ならば、今のところは大丈夫か。もちろん、油断はできぬが」

「いわずもがなだろうが、とにかく仕事だけはきっちりとやることだ」

「わかっている」

「では、帰るぞ」

「ああ、またな」

　まだ少し心細そうに見える琢ノ介と別れ、直之進は通りに出た。真っ暗になっている。小田原提灯を懐から取り出し、通りすがりの者に火を借りた。歩き出す。

　突き放しすぎたかと思いつつ、直之進は米田屋に向かった。長屋に戻る前に光右衛門の顔を見ておくつもりだった。

「湯瀬さま」

近くまで来たところで、提灯を上げて呼びかけてきた者がいた。

「和四郎どのではないか。どうした」

「はい。湯瀬さまに用事がございまして、米田屋さんでおうかがいしたところ、菱田屋さんという口入屋に足を運ばれたと聞きまして、小石川下冨坂町に向かおうとしていたら、こうしてお目にかかれました」

「用事というと。急ぎなのか」

「はい、あるじがお呼びして来いと申しております」

「登兵衛どのが。わかった。行こう」

直之進は田端の別邸に赴こうとしたが、和四郎に止められた。

「いえ、そちらではございません。あるじは近くまで来ているのですよ」

直之進が案内されたのは、小日向東古川町にある虹橋《にじはし》という料理屋だった。畳が替えられたばかりの二階座敷で、登兵衛は待っていた。料理や酒は並んでいない。

「よくいらしてくださいました」

直之進を前にして、登兵衛が丁重《ていちょう》に頭を下げる。

「登兵衛どの、そのような真似をすることはない。俺たちの仲ではないか」

「畏れ入ります」

「途中、和四郎どのにも聞いたが、用心棒の仕事を頼みたいとのことだな。登兵衛どのの警護につけばよいのか」

「いえ、そうではないのです」

登兵衛が首を横に振った。

「湯瀬さまに警護していただきたいのは、雄哲先生でございます」

傲岸な面つきを直之進は思いだした。しかし、こと医術に関しては真摯《しんし》に取り組んでいるのがわかり、腕には信頼をおいている。

「して、なにゆえ雄哲先生は用心棒を必要としている」

登兵衛が説明をはじめた。

「実は米田屋さんを診た帰り、雄哲先生が命を狙われたのでございます。供の者とこの和四郎が奮戦して、なんとか雄哲先生は命拾いをされましたが、供の者は大怪我を負いました」

「えっ、まことか」

直之進は、剣術の筋のよさそうな供を思い出した。あのときは元気な顔をしていたのに、今は大怪我を負っているというのだ。

「和四郎どのに怪我はなかったか」

「はい、なんとか。かすり傷一つ負っていません」

「それは重畳《ちょうじょう》。供の怪我の具合は」

「深手ですが、雄哲先生の手当のおかげで、命に別状はありません。ご安心ください」

そうか、と直之進はいった。今日の昼すぎに雄哲と初めて会ったとき、ろくな死に方をしないのではないか、と思ったが、実際にそうなりかけたのである。

「襲ってきたのは何人だった」

直之進は、あらためて和四郎に問いかけた。

「一人です。得物《えもの》は刀でした。手前には浪人に見えましたが、覆面をしていたので、顔貌《かおかたち》はわかりません。体つきは中肉中背でした」

「米田屋からの帰りといったな。白昼、襲ってきたのか」

「さようにございます。供の者が襲撃に気づいて、いち早く立ち向かったおかげで、雄哲先生は助かったといえましょう」

「供の者もかなり遣えるとみたが、相手は相当の遣い手だったか」

「さほどのものとは思えませんでした。もし湯瀬さまほどの腕を持つ者が襲ってきていたら、手前も命はなかったでしょう」

「供に大怪我を負わせただけで、襲ってきた者は引き上げたのか」

「ちょうど数人の武家が近くを通りかかって、助勢に駆けつけてくれたのです。それで逃げていきました」

「そういうことか。とにかく供の命に別状がなくてよかった」

「湯瀬さま、ご足労をおかけしますが」

登兵衛が申し出る。

「今から雄哲先生のお屋敷にいらしていただけませんか」

断る理由などない。直之進は虹橋を出て、雄哲の屋敷へ向かった。


屋敷は、老中首座の水野の役宅近くにあった。殿さまになにかあったとき、すぐさま駆けつけられる場所といってよい。

直之進はあたりの様子をうかがった。別段、いやな気配は感じられない。

長屋門の小窓に向けて、和四郎が訪いを入れた。小窓があき、門番らしい年老いた男が顔をのぞかせた。

前に出た登兵衛が名乗り、用件を告げた。

「湯瀬直之進さまをお連れした。雄哲先生にお目にかかりたい」

「お待ちもうしておりました」

小窓が閉じられ、くぐり戸の閂《かんぬき》が外される音が響いた。くぐり戸があき、お入りください、と門番がいった。登兵衛、和四郎の順に入り、直之進はいちばん最後だった。くぐり戸を閉めるとき、外の気配をもう一度嗅いでみたが、やはり妙なものは感じなかった。門番が閂をがっちりと下ろす。

昼間はそうでもなかったが、やはり夜ともなると寒い。さほど広いとはいえない屋敷内を風が吹き渡り、梢《こずえ》を騒がせていた。

屋敷内に上がり、廊下を進む。案内してきた門番が足を止め、襖に向かって、湯瀬さまが見えました、といった。勢いよく襖があき、雄哲が直之進を認めた。

「よく来てくださった」

手を取らんばかりにすり寄ってきた。

「どうされた」

直之進は雄哲を座らせた。どうやらここは、雄哲の居間のようだ。

「登兵衛どのから聞いたと思うが、わしは襲われたのだ」

明らかに雄哲はおびえていた。目があたりを見まわし、定まらない。頬もこけて、顔色もよくない。いっぺんに十以上も歳を取ったように見える。雄哲の患者でも、ここまで肌つやが悪い者は、そうはいないのではないか。

「誰に襲われたのですか」

直之進が落ち着いた声できくと、雄哲がきゅっと眉根を寄せた。

「それがわからないのだ」

「心当たりは」

「ない」

断言した。さようか、といって直之進は雄哲を見た。

「怪我がなくてよかった」

うむ、と雄哲がうなずいた。

「怪我は供だけだ。あの者は身を挺してわしを救ってくれた。もちろん和四郎どのもだ。二人には感謝してもしきれん」

もう一人いた助手は剣術はさっぱりとのことだ。襲われたときも、腰をぬかして、へたりこんでいた。ほかに屋敷にいるのは、女中が一人と門番をつとめている下男だけだという。妻はいないとのことだった。

「このままでは外出もままならない」

雄哲が嘆息をついた。

「湯瀬どの、頼む。わしを守ってくれんか」

「その前に、怪我を負った供を見舞いたいのですが」

「ああ、こちらだ」

雄哲が自ら立って案内する。隣の間である。

布団が敷かれ、供が横になっていた。眠っている。

直之進は布団の横に静かに座った。

「意識は」

「ちゃんとある。今は薬が効いておって眠っている」

「供はもともと侍ですか」

「うむ、そうだ。名は典之助《てんのすけ》という。旗本の三男坊だ。典之助の父親の療治をしたところ、医者になりたいというので引き受けた。剣術もできるというので心強く思っていた。それがこんなことになってしまい、親御にも申し訳なくてな」

「元の体に戻れるのでしょう」

「それはもちろんだ。ちと、ときはかかるだろうが」

「実家の旗本にはつなぎを」

「ああ。間もなくやってこよう」

直之進は腰を上げた。雄哲の居間に戻る。

「水野の殿さまにはお話しされたのか」

きいてみたが、雄哲は首を横に振った。

「話はしておらん」

「なぜ」

雄哲が深く息をついた。

「わしは殿さまのご信頼が厚いゆえ、警護の侍がたくさんやってくるのはまちがいない」

老中首座の御典医なら、そういうことになるだろう。

「だが、それでは困るのだ。自由がきかなくなってしまう。遊びにも行けなくなる。警護の侍を待たせて、酒を存分に飲むわけにはいかない。女遊びをするわけにもいくまい」

女遊びをするのか、と直之進は思った。

「自由がなくなるよりも、いってしまえば金で片のつく用心棒を雇ったほうがよいと思ったのだ。金で雇う者ならば、なにをしようと文句をいわれることもない」

「確かにその通りだ」

「というわけで、お願いしたいのだ。登兵衛どのからおぬしの評判はきいた。すばらしい腕前というではないか。これまで警護についた者はすべて守り抜いたそうだな。湯瀬どのが用心棒になってくれれば、わしは大船に乗った気分でいられる」

「代はいくらですか」

警護をもっぱらにする者として、値はしっかりと聞いておかねばならない。

「一日一朱でどうだろうか」

それならば、半月でほぼ一両ということになる。高いとはいえないが、驚くほど安くもない。

「承知いたしました。受けましょう」

直之進がいうと、雄哲の顔に生気が戻った。

「助かる」

登兵衛と和四郎も、よかったという顔だ。

引き受けたのは、登兵衛たちの顔を立てなければならないという理由もあった。それ以上に大きいのは、いやな医者ではあるが、ここで恩を売っておくのも悪くないと思ったからだ。雄哲の腕は確かなのだから、光右衛門のためになる。

それに、いったい誰が雄哲を狙っているのか、直之進には興味があった。突き止めたいという気持ちを抑えることができない。

襲ってきたら、必ず生きたまま捕らえなければならぬ。

第三章

一

嫌々《いやいや》やることになる。

それは確かだ。

だが、琢ノ介のなかで、紺右衛門の命は必ず守るという決意は決して揺るがない。やるしかない、と思っている。なんといっても、自分は用心棒なのだ。

一度警護についたら、どんな理由があろうと、やり通す。それが、人を警護することで飯を食べている者の矜持《きょうじ》というものだ。

よこしまな心を持つ用心棒なら、警護の気持ちをゆるめ、依頼主をわざと刺客に殺させるような真似をするかもしれない。

琢ノ介には、そのような思いは一切ない。むしろ、意地でも殺させぬという気でいる。もし殺されたら、恥でしかない。この先、用心棒として生きていけぬと思い定めている。

誇りに懸けても、菱田屋紺右衛門を守り通さなければならぬ。

「平川さま出かけますよ」

紺右衛門から声がかかった。にこやかな顔つきをしており、米田屋の地所を取り上げることなど、まったく気にかけていない風情である。

「こんな朝っぱらからどこへ行く」

「今は朝っぱらですか」

紺右衛門が不思議そうにきく。

「朝っぱらだろう。まだ五つを少し回ったあたりだ」

紺右衛門が小さく笑う。

「なにがおかしい」

「平川さまは、これまで起きられるのが遅かったのではありませんか」

「ふだんは六つ半には起きているぞ。今日は七つ半には起きた。遅くはあるまい」

「さようでございますね」

紺右衛門が廊下を行く。

「それで、どこへ行くのだ」

「得意先廻りでございますよ」

「あるじ自ら得意先廻りに出向くのか」

「米田屋さんもそうされていたでしょう」

「確かにな。だが、あの店はほかに奉公人らしい者がおらぬ。ゆえに、米田屋自ら動くしかないのではないか」

「そうなのかもしれませんが、手前も米田屋さんと同じことをすると決めているのでございますよ」

一方ではこんなに光右衛門を敬愛しているのに、もう一方では米田屋が長年にわたって商いしてきた、愛着のある地所を取り上げようとしている。琢ノ介には、さっぱりわけがわからない。

廊下が途切れ、土間に出た。暖簾が風に揺れているのが見える。土間には客が何人かいて、壁一杯に貼られた求人の紙を見ている。明かりとりのおかげでよく見える。

琢ノ介は客を一人一人じっくりと見たが、怪しそうな者はいなかった。いずれも職を求めるのに必死な顔つきである。

「いらっしゃいませ」

土間に降りた紺右衛門は、そういう者たちにていねいに挨拶《あいさつ》してゆく。顔も上げずに相変わらず、ほとんどの奉公人はあるじの見送りに出てこない。

仕事にいそしんでいる。

外に出る前に琢ノ介は、暖簾をわずかに上げてあたりの気配をうかがった。どこからも刺すような目は感じられない。いやな気配もない。

紺右衛門にうなずきかけ、通りに出た。警戒の目を放ちつつ、琢ノ介はちらりと空を見上げた。雲はまったくなく、斜めから射し込む日が妙に明るい。町屋の戸をがたぴしいわせるほど風が強く、渦を巻いて通りを走ってゆく。このところろくに雨が降らない江戸の町は乾ききっており、ちょっと油断すると、砂埃《すなぼこり》がすぐ目に飛び込んでくる。

十分に気をつけなければならぬ、と自らを戒《いまし》める。砂埃のせいで視界を失っているあいだに刺客に襲われたら、不覚を取る恐れがあるのだ。

「どっちへ行く」

琢ノ介は紺右衛門にきいた。

「まずは右へ」

琢ノ介は顎を引き、足を踏み出した。紺右衛門がついてくる。

「歩く速さは、このくらいでよいか」

「もう少し速く、お願いできますか」

「わかった。このくらいではどうだ」

「ちょうどようございます。助かります。ああ、それから平川さま、申し上げておきたいことがございます」

琢ノ介は顔を前に向けたまま、聞き耳を立てた。

「なにかな」

「平川さまのお立場は、口入屋の見習いということでお願いします」

琢ノ介は素早く考えた。

「表立っては、おぬしの用心棒ではないのだな。つまり、わしは侍をやめ、口入屋をはじめようとしている者になるわけだ」

「平川さまは察しのよいお方にございますな。ただし、口入屋をはじめるのではなく、さる口入屋で働くために修業をはじめたということでお願いいたします」

「承知した」

店から三町ほど行ったところで、紺右衛門が穏やかな声を発した。

「まずは、こちらのお店に入りましょう」

紺右衛門が指さす建物は油問屋である。錦《にしき》屋《や》と看板が出ている。相当の大店《おおだな》だ。

「失礼いたします」

暖簾を払って紺右衛門が店に入ってゆく。琢ノ介は背後から襲ってくる者がいないか、確かめたのち、店に足を踏み入れた。

そこは広々とした土間である。左側に湯船よりも大きな樽《たる》が五つあり、むせかえるように濃厚な油のにおいが漂っていた。

「菱田屋さん」

樽の陰から、帳面を手にした若い男がうれしそうに寄ってきた。

「左居蔵《さいぞう》さん、お元気ですか」

「元気も元気、この通りですよ」

琢ノ介が見ても、左居蔵という男は血色がよい。生き生きとしている。

「左居蔵さんは、こちらに奉公してもう十年ですね」

「ええ、早いですよね。丁稚《でっち》奉公をはじめたのは、十二の歳でしたからね。手前はもう二十二ですよ」

紺右衛門がまぶしそうに見る。

「大人になられましたね」

「そうでもないんですよ。まだまだ修業中の身ですよ」

左居蔵が顔を引き締める。

「今日はなにか」

「いえ、左居蔵さんの顔を見に寄ったのと、功五郎《こうごろう》さんにお目にかかりたいと思ったのですよ」

「旦那さまに」

「いらっしゃいますかな。約束はしていないのですが」

「菱田屋さんがいらしたと知ったら、きっと喜ばれますよ。ちょっと待ってくださいね」

一礼し、左居蔵が奥に去った。

左居蔵の背中が消えるのを見て、琢ノ介は紺右衛門に目を当てた。

「十年も前というと、菱田屋どのはまだ十九だな。そのときに、今の左居蔵という男をこの店に入れたのか」

「ええ、さようです。十年前の春、左居蔵さんは父御《ててご》と一緒にうちに見えたのですよ」

懐《なつ》かしさの籠もった声だ。

「父御がどこかよい店に奉公に出したいということだったので、手前が話をうかがいました。少し話をしただけで左居蔵さんが利発《りはつ》でとてもよい少年だとわかり、手前が担当させてもらうことにしたのです。当時、手前はいずれこの錦屋さんが大店になるのではないかと見込んでいたのですが、将来番頭になれるような丁稚がほしいとあるじがおっしゃっていたのが脳裏をよぎりました。それにはうってつけの少年だ、とすぐさま左居蔵さんを連れてゆきました。あるじのおめがねにかない、左居蔵さんの奉公は決まりました。今はまだ手代《てだい》ですけれど、番頭になる日もそう遠くはないでしょう。錦屋さんもずいぶん大きくなりましたよ」

紺右衛門はにこやかに笑っている。

「そのあと、この店に奉公人は入れていないのか」

「何人かは入れました。今もしっかりと働いていますよ。大きな声ではいえませんが、手前はいつか左居蔵さんはこの店の一人娘の婿《むこ》におさまるのではないかとにらんでいます」

「次のあるじということか」

琢ノ介も声をひそめた。

「そういうことになります。左居蔵さんはやり手として聞こえていますから、店はもっと大きくなりましょう。もし左居蔵さんがこの店のあるじとなれば、奉公人に関していえば、うちの信用がいちばんになるのではないかと思っています。ですが、よそさまにうらみを買いたくないので、完全に独り占めにするつもりはありませんけどね」

「おぬし、十九のときにそこまで考えて左居蔵を入れたのか」

「さて、どうでしたかね」

紺右衛門が首をかしげる。

「詳しいことは、もう忘れてしまいましたよ」

この頭のめぐりのよい男が忘れるなどということがあるのだろうか。

心中で琢ノ介が首をひねったとき、樽のようにでっぷりとした男が近づいてきた。歳はもう七十近いのではあるまいか。

紺右衛門が破顔する。

「錦屋さん」

「菱田屋さん、久しぶりだね」

錦屋のあるじが軽く頭を下げた。紺右衛門も身をかがめる。

「元気そうだね」

「錦屋さんも、ご壮健《そうけん》そうでなによりです」

「太りすぎて、体が重いよ。酒を控えたほうがいいと医者にいわれているんだが、この分では、わしは長生きできんなあ」

「そのようなことはありませんよ。錦屋さんはまだまだこれからですよ」

「菱田屋さんは、相変わらずうれしいことをいってくれるね」

錦屋のあるじが琢ノ介に目をとめる。

「こちらのお侍は」

「平川さまとおっしゃいます。さる口入屋で働くことになりまして、見習いとしてしばらくうちで預かることになったのでございますよ」

「見習いの最中、刀は必要なのですかな」

「同時に手前の身を守っていただこうと思っておりまして」

「菱田屋さんは人さまにうらみを買うような人ではないから、その手の心配はまったくいらんだろうに」

「そうでもないのですよ。方々からうらみを買っております」

「やり手だからな。商売上のうらみは仕方ないな。競《せ》りに負ければ、下手をすると首をくらなけりゃならん。ときにうらみを買うようなことも出てくる」

紺右衛門が深くうなずいた。

「平川さま、こちらは錦屋さんのご主人で、功五郎さんですよ」

「平川にござる」

琢ノ介は低頭した。功五郎が名乗り返す。

「平川さま、これからたいへんでしょうが、がんばってくださいね」

果たして武家に口入れというむずかしい商売ができるものか、功五郎は危ぶむような顔つきをしていた。必ず見返してやる、と琢ノ介は思った。いずれこの店にも米田屋から人を入れてみせよう。

それから紺右衛門はさまざまな店に顔を出した。ていねいな口調で気さくだから、とにかく得意先の受けがよい。菱田屋の紹介でさまざまなところに奉公している者たちも、紺右衛門を慕《した》っている。

もう十軒ほどの店をめぐったが、驚くべきことに、紺右衛門は奉公人の名をすべて覚えていた。

「まさかと思うが、これまで菱田屋を通じて奉公をはじめた者を、すべて覚えているのではないだろうな」

　琢ノ介はきいてみた。

「覚えておりますよ」

　紺右衛門があっさりと答えた。

「なんだと」

　琢ノ介は目をむいた。

「もちろん日傭取《ひようと》りなど、一日限りの仕事の人は無理ですが、お店で奉公を続けている人の名は忘れたことはありません」

「何百、いや、何千人にも及ぶのではないか」

「さて、どのくらいになるのでしょうね。しかし、残念ながら亡くなってしまった方もいらっしゃるので、頭に入っているのはおそらく二千ばかりではないでしょうか」

　二千と一口にいうが、それだけの名と顔を一致させるのは、並大抵のことではない。

「わしにはとても真似できぬな」

紺右衛門が慈しみを感じさせる眼差しで琢ノ介を見やる。

「平川さま、初めからあきらめてはいけません。やろうと思えば、できるものです。人の力というのは、すばらしいものですよ」

「ふむ、そういうものか」

「そういうものです。とにかく、はなからあきらめては話になりません。ご自分を信じて、まずはやってみることですよ。いずれ習い性になってゆくものです。平川さま、剣の道も最初から今の腕前だったわけではないでしょう。積み重ねがあったはずです」

菱田屋がそこまでいうのなら、と琢ノ介は思った。米田屋で働くことになったら、試してみようか。そんな気になった。

紺右衛門は世話した者たちの体の具合や心のありさまも常に気にかけている。風邪を引いていないか、顔色はよいか、腹痛を起こしていないか、気力がみなぎっているか、疲れは出ていないか、憂いがあらわれていないか。

「できるだけ働きやすいところに紹介してあげたいのですよ。居心地がよければ長続きしますし、長続きすれば給金も増えます。手前は、できれば得意先をそういうところだけにしたいのです。幸い、だいぶ思うようになってきていますけど、得意先すべてというわけにいかないのが頭の痛いところですね」

松乃屋《まつのや》という呉服屋に入った。

この店には風邪を引いた手代がいた。仕事を休んでいると聞いて紺右衛門は驚き、その手代の様子を見たいと番頭に願った。

ちゃんと布団に寝かされ、養生《ようじょう》に専念していた。紺右衛門に起こすつもりはなかったが、人の気配に手代が目覚めた。

「ああ、菱田屋さん。見舞いに来てくれたんですか」

手代は布団に横になったまま、にこりと笑ってみせた。

「どうですか、具合は」

枕元に座って紺右衛門が問う。

「一時はどうなることかと不安になりましたが、もう熱も下がり、頭痛も引きました。じきに治りますよ。今日で三日も寝ていますからね」

「医者は」

「もちろん診てもらっていますよ。薬ももらっています」

琢ノ介から見ても、この手代が店に大事にされているのは明らかだ。納得したらしい紺右衛門が松乃屋をあとにする。

「松乃屋さんみたいなところは、本当にありがたいですね」

紺右衛門の面には、安堵の色が色濃くあらわれている。

「今のは徳吉《とくきち》さんという手代ですが、なかなか仕事のできる男なのですよ。重宝《ちょうほう》がられていると聞いています。そういうこともあって、徳吉さんは店から大切にされているのでしょうね」

おそらく菱田屋からの紹介というのも大きいのだろうな、と琢ノ介は思った。菱田屋から紹介されて来た者はほとんどまちがいがないのだろう。菱田屋の仲介で来た者を大事にしておけば、また仕事のできる者を紹介してもらえると店のほうで考えているのだ。

一度それだけの信用を相手から得てしまえば、あとはいいように回ってゆくだろう。むろん、そこまで持ってゆくのには相当の苦労があっただろうが、商売をしていて楽しくて仕方ないにちがいない。

昼になり、琢ノ介たちは蕎麦屋に入った。

二人とも天ぷら蕎麦を注文した。

「ここまでは、おぬしを狙っていると思える目を感ずることはなかった。怪しい気配も嗅《か》いでおらぬ」

「いつも見られているような気がしていたのですが、勘ちがいだったのでしょうか」

「正直わからぬ。油断させる手かもしれぬし」

「なるほど、そういう見方もありますか」

天ぷら蕎麦がやってきた。野菜の天ぷらがどっさりのっている。

「いただきましょう」

二人は箸《はし》を使いはじめた。油の甘みがつゆに溶け出し、ややかための麺とよく合う。天ぷらもしゃきしゃきしていて美味だ。

「ああ、うまかった」

琢ノ介は、盛大に息をついて箸を置いた。紺右衛門も満足しきった顔をしている。最後につゆを少しすすった。

「この一口がうまいんですよね」

「確かにな」

琢ノ介もどんぶりを手にした。

「なあ、菱田屋」

「なんですか」

「米田屋の地所だが、どうしても取り返さなければならぬのか」

「ええ、さようでございます」

「どうしてだ。おぬしを見ていると、今すぐという切迫したものはまったく感じられぬのだが」

紺右衛門が背筋を伸ばし、瞳にきらりと光るものをたたえた。

「今うちの商売は順調です。だからこそ、この機を逃さず、もっと手を広げなければいけません。前にもお話ししたかもしれませんが、米田屋さんに貸してあるあの地所は商売をするのにはよいところです。今の建物を壊し、もっと大きな店にしたいと思っています」

「あの建物を取り壊すのか」

「そのつもりです。もう古いですし、あちこちにがたがきているのではありませんか」

「そうか、壊すつもりでいるのか」

琢ノ介は目を上げた。

「菱田屋。米田屋が弱ったところを見計らったわけではあるまいな。今なら取り上げるのはたやすいと思って、ということはないのか」

怒るかと思ったが、紺右衛門は穏やかな表情のままである。

「これも前にお話ししたかもしれませんが、米田屋さんに地所の件でお願いをしたのは、昨日が初めてではありません。以前から申し上げておりました」

実は、と琢ノ介は声をひそめた。

「米田屋のあとを、わしが継ぐ話が出ているのだが、それでも取り返すつもりか」

紺右衛門が冷ややかな目で見つめてきた。肝《きも》の据わっていない者なら、たじろぐような迫力がある。

「こう申してはなんですが、平川さまはお侍でいらっしゃいます。商売のために土下座することなどできないでしょう。お武家を見限られて大勢のお侍が商売をはじめられますが、誇りや矜持が邪魔をして、ほとんどの方がうまくいきません」

土下座か、と琢ノ介は思った。やれるさというのはたやすい。だが、本当にそうなのだろうか。自分に果たしてできるのか。

「お耳の痛いことを申しますが、米田屋さんの跡を継ごうなどという考えはお捨てになり、このまま用心棒を続けられるほうがよろしいかと存じます。下手に跡を継がれれば、米田屋さんを潰すことになりかねません」

琢ノ介は瞑目《めいもく》した。商売をして金を稼ぐというのは並大抵のことではないことが、ただの半日、紺右衛門と一緒にいただけではっきりした。

光右衛門の跡を継いで、果たして自分にどれだけのことができるものか。本当に店を潰すことになるかもしれぬという恐怖を感じた。

紺右衛門のいうように、このまま用心棒でいたほうがよいのではないか。

これまでも、真剣で渡り合うことは少なからずあった。このまま変わらず用心棒稼業を続ければ、もしかしたら命を失うことになるかもしれないが、自分の得手を生かして、生計《たつき》としたほうが楽なのは確かだ。人には適所がある。自分にふさわしいのは米田屋の跡を継ぐことではなく、用心棒なのではないか。

いや、そんな弱気でどうする。

琢ノ介はおのれを叱咤した。生半可《なまはんか》な気持ちでおあきを妻とし、米田屋を継ごうと思い立ったわけではない。自分が米田屋の先頭に立って、祥吉やおきく、おれんを守ろうと思ったのだ。

そう、皆を守るのだ。わしは米田屋全体の用心棒として、皆を引っぱっていかねばならぬのだ。

蕎麦屋を出て、ほんの半町ばかり進んだとき、いやな目を感じた。

紺右衛門が琢ノ介の顔つきががらりと一変したのを感じ取ったようで、わずかに身を寄せてきた。ささやきかけてくる。

「感じられたのですか」

「うむ」

琢ノ介は顎を引いた。

「どこです」

「それがわからぬ」

琢ノ介は小さくかぶりを振った。

「どこから見つめてきているのか、見定めることはできなかった。いま目は感じぬ。何者かは去ったようだ」

琢ノ介は苛立《いらだ》たしかった。自分に直之進ほどの腕があれば、どこから見ていたかを見極めることなど、さしてむずかしいことではないはずだ。ない物ねだりをしてもしようがない。今は自分のやれることをするしかない。

「次はどこだ」

「正直に申し上げて、平川さまにはご覧に入れたくないところですね」

「なんだ、それは」

「すぐにおわかりになります」

「方向はこっちでよいのか」

琢ノ介は東側を指した。

「はい、それでけっこうでございます」

二人は歩き出した。

「あっ、菱田屋さん」

ほんの半町も行かないうちに小柄な男が声をかけてきた。

「ああ、こんにちは。元気そうだね」

男がにこにこする。目がぎょろりとし、えらが張った顔はどこか魚を思わせる。

「仕事は」

「今のところ間に合ってやす」

「必要なときはまたおいでくださいよ」

「ありがとうございます」

男がぺこりと頭を下げる。

「では、これで失礼いたしやす」

　琢ノ介たちとは反対の方角へ歩いてゆく。

「今のも客か」

　琢ノ介はたずねた。

「ええ、人や動物などの物真似を生業《なりわい》にしています」

「ふーん、いろんな者が口入屋の敷居をまたぐものだな」

　そんなやりとりをしたあとで、紺右衛門が次に足を止めるようにいったのは、戸口に二つの大きな弓張提灯《ゆみはりぢょうちん》が掲げられている家である。提灯には『萬』と黒黒とした字で記されている。

「ここはやくざの一家だな」

「萬吉《まんきち》さんという親分が率いています」

「おぬし、やくざの一家にも人を入れているのか」

「さようです。しかし、やくざ者ではありませんよ。さすがに口入屋を介して、やくざの一家に人が入るというようなことは、まずありませんから」

「ならば、どういう者を送り込んでいるのだ」

　紺右衛門が微笑する。

「すぐにおわかりになります。――失礼いたします」

紺右衛門が障子戸をあけた。あまり建て付けがよくなく、耳障りな音が立った。

土間に足を踏み入れる。琢ノ介は背後から襲ってくる者がいないのを確かめて、障子戸を閉めた。

一段上がった奥は広い畳の部屋になっていた。襖をすべて外してあり、優に三十畳はある。目つきが悪く、相貌がすさんだ者たちがさいころ博打《ばくち》や花札に興じていた。ざっと数えて二十人ほどがたむろしている。この人数からすると、それなりの勢威《せいい》を持つ一家なのではないか。

「おっ、菱田屋さんじゃねえか」

壁に背中を預けて煙管《きせる》を吹かしていた男が笑みを浮かべて寄ってきた。

紺右衛門が頭を下げる。

「吟三《ぎんぞう》さん、こんにちは」

「おう、菱田屋さんも元気そうで、けっこうだ。なんか用かい」

「皿木《さらき》さまはいらっしゃいますか」

「おう、先生かい。いるよ。呼ぶかい」

「お願いします」

「ちょっと待ってくんな」

吟三と呼ばれた男は気軽にいってきびすを返し、階段脇の襖をあけて姿を消した。

「先生といっていたが、皿木というのは用心棒か」

琢ノ介は紺右衛門にきいた。

「さようです。萬吉親分が腕のよい人がほしいとのことでしたから、ちょうど用心棒の仕事を探していた皿木さまを紹介いたしました」

「その皿木という用心棒は、腕は立つのだな」

「ええ、お立ちになりますよ。皿木さまは堅太郎《けんたろう》とおっしゃいます。お父上は堅《けん》之助《のすけ》さまとおっしゃり、道場を営んでいらっしゃいました。その血を引かれていますから、お強いですよ」

わしとどっちが強いのだろうな、と琢ノ介は考えた。やはり皿木のほうだろうか。江戸に剣術道場は多いといっても、やはり相応の実力がなければ、道場などひらけないだろう。

「道場主の息子が、どうしてやくざの用心棒なんだ」

「それはのちほど」

紺右衛門の目が琢ノ介から外れ、階段脇の襖に当てられている。ちょうど襖があき、堂々とした体軀《たいく》の若い男が、吟三と一緒にやってくるのが見えた。着流し姿で、見るからに浪人である。

「連れてきたぜ」

吟三がいって、再び壁際に戻る。

「ありがとうございます」

紺右衛門が背中に礼を述べる。

「菱田屋さん、よく来てくれました」

堅太郎とおぼしき浪人が明るい声を発した。歳はまだ二十歳そこそこではないか。

「皿木さま、お元気そうですね」

「ええ、元気ですよ。菱田屋さんも顔がつやつやしていますね」

「どうですか。居心地はいいですか」

紺右衛門が声を低めてたずねる。

「いいですよ。あまり大きな声ではいえぬが、賭場での用心棒が主な仕事です。

三月《みつき》ほどたちましたが、今のところ危ないこともなく、これで報酬をもらってよいのかという感じです。こちらは」

「口入屋見習いの平川さまです」

「見習い。口入屋になられるのですか」

「そういうことでございます」

堅太郎がまじまじと見る。

「平川さまの腕は相当のものに思えますけど、口入屋に。そうですか」

琢ノ介が見たところ、堅太郎の腕はすばらしい。もちろん直之進や佐之助ほどではないが、かなりの資質を秘めているのは確かで、精進《しょうじん》次第では二人に互すことも夢ではあるまい。ただし、まだ若い分、場数が足りない。経験の不足が修《しゅ》羅場《らば》になったとき、どう出るか。

どうやら、同じ危惧を紺右衛門も抱いているようで、気にかかって様子を見に来たということらしい。

「もともと平川さまも用心棒を生業にされていたのですよ。――平川さま、先輩として皿木さまに助言があれば、お願いします」

紺右衛門にいきなりいわれて戸惑ったが、琢ノ介はすぐさまうなずいた。咳払いをする。

「もしなにかあった際は、助かろうと考えぬことだ。命を捨ててかかれば、よい結果を生むことが多い。生きようとすれば、まず死ぬ。わしはこれまでそういう者を多く見てきた」

堅太郎はまじめに耳を傾けていた。

「わかりました。肝に銘じます」

頭を下げてきた。

堅太郎が本当にわかったのか、琢ノ介には心許《こころもと》ないものがあった。だが、これ以上いうことはない。今はなにも起きないことを祈るしかない。

琢ノ介と紺右衛門は萬吉一家をあとにした。堅太郎が戸口に立ち、名残惜しそうに見送っていた。その姿はどことなく影が薄いように見えたが、勘ちがいだろうか。

「菱田屋、先ほどの問いに答えてもらえるか」

足を運びつつ琢ノ介は水を向けた。

「はい、どうして道場主の息子がやくざの用心棒なのか、ですね」

そうだ、と琢ノ介はいった。

「皿木さまのお父上の堅之助さまはお酒が好きで、近所の煮売り酒屋によく行かれていたそうです。ある晩、客同士の諍いがはじまり、仲裁しようとした堅之助さまは巻き添えをくって刺し殺されてしまったのです」

「仲裁に入って殺されたのか」

「正面から匕首《あいくち》で刺されたそうです。皿木道場で剣術を習っても役に立たないという噂があっという間に広まり、門人たちは雪崩《なだれ》を打ってやめてゆき、ついに道場は閉鎖に追い込まれました」

「冷たいいい方になるが、酔っ払いの匕首に殺《や》られてしまったのでは、道場主として申し開きのしようがないな。正直、わしもそこでは剣術を教わりたくない」

「そのとき堅太郎さまはまだ十三でした」

「今いくつだ」

「二十歳ちょうどです」

道場が潰れたのは七年前のことか、と琢ノ介は思った。

「皿木は道場の再興を願っているのか」

「おそらくそういう思いもお持ちなのでしょうが、お母上がご病気でして、その薬代がかさむようなのです。危うい仕事でもよいから、とにかく金がほしいとのことで、手前は萬吉親分のところを紹介したのです」

「萬吉一家は賃銀がよいのか」

「ええ、かなりのものです。萬吉親分の一家はいま勢力を伸ばしつつあるのです。実入りも多いのでしょう。ただし、その分、他の一家との諍い、小競《こぜ》り合いは日常《にちじょうさ》茶飯事《はんじ》ですから、危険も大きいのです」

「用心棒は皿木一人なのか」

「もちろん、一人ではありません。一家は何人かの用心棒を抱えています」

「その者たちはおぬしが入れたのではないな」

「ほかの口入屋の仲介でしょう。親分の口振りでは、どうやら皿木さまが最もいい腕をしているようでございますよ」

琢ノ介は振り返った。もう萬吉一家の建物は見えず、堅太郎の姿もなかったが、なんとなく不安が消えない。先ほどの影の薄さも気になる。

あの若い者になにごともなければよいが、と琢ノ介は先ほどと同じことを考えた。皿木堅太郎が運の強い男であることを、ひたすら願った。風が吹き抜け、砂埃が舞った。琢ノ介は素早く目を伏せ、砂埃をやり過ごした。もちろん、警戒の眼差しをあたりに放つことを忘れない。

「まいったな、砂埃が目に入ってしまいましたよ」

ぼやく紺右衛門の声が、妙に遠く聞こえた。

二

雄哲と一緒に食事をとることはない。

そのほうが気は楽だ。直之進は飯に味噌汁をぶっかけ、さらさらと箸を使った。

女中のおきんが目を丸くしている。

「行儀が悪いか」

直之進は最後にたくあんを口に入れ、咀嚼《そしゃく》した。

「いえ、あたしのおっとうと同じことをされたので、びっくりしただけです」

「おきんの父御はいくつだ」

「四十五です。もう歳ですね」

「そんなことはない。若いさ」

「湯瀬さま、おかわりは」

「いらぬ。もう腹一杯だ」

「遠慮しないで召し上がってくださいね。けちな旦那さまが、たくさん炊《た》くようにおっしゃったのですから」

「かたじけない。だが、もう十分だ」

おきんが茶をいれる。

「湯瀬さまはおいくつですか」

「二十九だ。いや、三十かもしれぬ」

おきんが湯飲みを勧める手を止める。

「ご自分の歳がおわかりにならないのですか」

「江戸に来てからめまぐるしかったからな。歳などよくわからなくなってしまった」

おきんが目をみはった。

「そのようなことがあるのですか」

「あるのだな。おきんはいくつだ」

「二十一です。もう歳です」

「そんなことはないさ。若いぞ。ぴちぴちではないか」

「ぴちぴちだなんて」

おきんが照れる。

「肌も一年前にくらべたら、張りがなくなってきましたよ」

直之進は、おきんがいれた茶を喫《きっ》した。顔をしかめ、湯飲みに目を落とす。

「ずいぶんと薄いな」

「旦那さまはけちですから」

声を小さくするでもなくおきんがいう。

「茶というより、白湯《さゆ》でしょう。茶葉の量は増やすなといわれています。茶は高価だからって」

「うむ、これならば、白湯のほうがましかもしれぬ」

湯飲みを膳に戻し、直之進は居住《いず》まいを正した。

「雄哲先生の出自を知っているか」

「ええ、このお屋敷に奉公にあがって、もう三年たちました。けっこう知っていますよ」

「教えてくれるか」

「はい、いいですよ。旦那さまから口止めされていませんし」

「歳はいくつだ」

「あたしは二十一ですよ。もう歳です」

一瞬、冗談をいったのかと思ったが、おきんはまじめな顔をしている。

「いや、おきんの歳ではない。雄哲先生のだ」

「ああ、旦那さまは五十五ですよ。おっとうよりも十も歳ですよ」

「思ったよりも歳がいっているな。いつ水野家の御典医になった」

おきんが首をひねる。

「詳しくは知りませんけど、十年くらい前じゃないでしょうか」

おきんが直之進の湯飲みに茶を注ぎ、ぐいっと飲んだ。

「すみません、喉が渇いたもので」

「いや、かまわぬ」

「旦那さまはもともと町医者だったそうですよ。腕を認められて、水野さまの御典医になられたようです」

「そうなのか」

「町医者上がりだけに、今も町家へと往診に出ることが少なくないんです」

「あるじ持ちの御典医が、そのような真似をしてもかまわぬのか」

「お殿さまにお許しをいただいているそうですよ」

「ほう、そういうものなのか」

「なんでも、お殿さまからは、雄哲ほどの腕を持つ者を余が独り占めにするのは申し訳ない、雄哲よ、庶民のために尽くせ、とのお言葉をいただいているそうです」

　老中首座にしてはなかなかまともなことをいうではないか、と直之進は感じ入った。幕府の要人にしては珍しいのではあるまいか。

「でも、旦那さまが往診に行かれるのは金持ちのところだけですよ。お足《あし》はたんまりいただいているはずです」

　そういうものだろうな、と直之進は思った。考えてみれば、そんな雄哲がよく米田屋に来たものだ。水野の命で報酬はないし、嫌々だったのだろう。だからといって、あんなに露骨に不機嫌になることはないと思う。

「町医者からどうして御典医になったのだ」

　直之進は問いを続けた。

「なんでも、重病にかかった水野さまのお父上の病を治し、次いでお母上の病も治したそうですよ。それで水野さまの信頼を得られたという話をきいています」

やはり腕が抜群なのは、まちがいなさそうである。

「でも、いいことだけではないそうですよ」

珍しくおきんが声をひそめた。

「水野さまのお気に入りになり、御典医筆頭に祭り上げられたんですよ。そうなると、他の御典医たちの立場がなくなるじゃないですか。旦那さまはあまり愚痴をこぼされることはないんですけど、お酒を召し上がるとときおり、とにかくいじめやねたみがひどくてまいる、とおっしゃるんです。ちょっとかわいそうになります」

あの傲岸な医者にもいろいろあるのだな、と直之進は思った。いま雄哲は自室で書見《しょけん》の最中である。五間も離れていないから、なにかあればすぐに駆けつけられる。そうはいっても、いつまでもおきんと話をしているわけにはいかない。

夕餉の礼をいって直之進は部屋に戻った。寝間として与えられた六畳間である。

「湯瀬どの」

隣から声がした。

「こちらに来てもらえるか」

直之進は襖をあけた。行灯の炎が揺らめく。雄哲が文机を背に正座している。

「書見は終わったのか」

「うむ、必要なところは読み終わった。座ってくれ」

直之進はうなずき、雄哲の正面に正座した。雄哲は不安げな顔をしている。

「さんざん考えたが、誰がこの身を狙っているのか、まったく見当がつかん」

直之進は雄哲を見つめた。

「家中のその他の御典医たちのうらみということはないのかな」

はっとし、雄哲が苦笑する。

「おきんに聞いたのだな。あの連中のうらみ、ねたみを買っているのは確かだ。だが、お殿さまのお目が黒いうちはそのような真似はすまい。なにしろ、うちのお殿さまは信賞必罰。もしそのようなことがばれたら、いったいどんな目に遭わされるか。お殿さまが老中首座をつとめられているのは、伊達《だて》ではない」

そうか、と直之進は思った。雄哲にこれだけの確信があるのなら、他の御典医が雇った者が襲ってきたという考えは、ただちに捨てるべきだろう。

「おぬしが患者を診たとき、しくじったことはないのか。おぬしの失策で、患者が命を落としたようなことは」

一瞬、雄哲の目が泳いだ。

「あるはずがない」

なにかあるようだとは思ったが、ここで深追いしても、雄哲はなにも話すまい。必要なのは、もう少しときをかけることだろう。

「女絡みではどうだ」

雄哲には屋敷以外にも家があり、そこに妾を囲っている。女房がいないのだからこの屋敷に住まわせればよいと思うが、どうやら、妾にはここは手狭で駄目だといっているらしい。このことは下男から聞いた。

もしかしたら、と直之進は思った。おきんにも手を出しているのかもしれぬ。女の悋気《りんき》は手に負えないところがある。女同士、かち合わせたくないのではないか。

「女か」

雄哲がむずかしい顔になる。決意の色が目に宿った。

「実は、一度、とある商家の女房に手を出したことがあるのだ」

直之進は眉根を寄せた。

「どこの商家だ」

「それは勘弁してもらいたい。亭主にばれて、騒ぎになったのだ。なんとか金で片をつけたものの、亭主には、必ず殺してやる、とすごまれた。あの目はいまだに忘れられん」

女房を寝取られたその商家の主人が殺しをもっぱらにする者に頼んだというようなことはないのか。

「その不義の話はいつのことだ」

「三年ばかり前のことだ」

そうか、といって直之進は考え込んだ。命を狙うには、少しときがかかりすぎているような気もする。だが、放ってはおけない。

「そこはなんという商家だ」

「言わねばならんのか。行くつもりか」

「今からでは無理だ。もう暗いからな。明日早くだな」

「わしも行かねばならんのか」

「できればそうしてほしい。おぬしの明日の予定は」

「お殿さまに呼ばれれば、いつでもお屋敷に行くことになっている。控えの間に詰めていなければならないこともあるが、明日は別の医者の番だ。今のところ予定らしい予定はない。往診もない」

「ならば、すぐに戻ってくれば、問題はなさそうだな」

翌朝早く、まだ眠たそうな雄哲を連れ出し、直之進はその商家へ向かった。雄哲は駕籠に乗りたがったが、歩かせた。

「そうすれば、眠気が覚めるぞ」

今朝は冷え込んだ。雪をたっぷりとまとった富士山が見えている。前は富士山を見るたびに沼里のことを思い出したものだが、今はそういうことはほとんどなくなった。江戸の住人になりつつある証だろうか。

空には雲一つないが、陽射しは弱々しく、足元がかなり冷たい。草履の指先が痛いくらいだ。ときおりうなるような風が通り過ぎ、体を震わせる。

早く体があたたまってほしかった。

半刻ほどしか歩いていないのに、雄哲は息も絶え絶えだった。直之進は汗はかいていないものの、体はすっかりあたたまっている。

「そのようなざまでは、おぬし、体を壊すのではないか」

あたりに警戒の目を放ちつつも、あきれたようにいった。

「駕籠にばかり乗っているから、そんなふうになるのだ」

雄哲は顔をしかめている。

「その通りだ。自分で歩くようにしないと、病にかかるやもしれん」

「医者の不養生《ふようじょう》というやつか」

「まあ、そうだな」

雄哲を先導する直之進は、町並みに眼差しを向けた。

「このあたりではないか」

「うむ、わしもさっきからそうではないかと思っているのだが」

雄哲はきょろきょろしている。

「火事でもあったのか、どうもわしの頭にある町並みと一致せん」

「きいてみるか」

直之進は、女房らしい女に声をかけようとした。

「あっ、そこだ」

雄哲が声を上げ、指をさした。

直之進はそちらに目を当てた。小さな石造りの祠《ほこら》があり、その背後は民家の塀で、商家らしい建物はどこにもない。

「どこだ」

「その祠に見覚えがある」

雄哲がよたよたと近づいてゆく。直之進はすぐさま体を寄せ、何者も雄哲に近寄れないようにした。

「うむ、まちがいない。この祠だ。お地蔵さんの右目だけがあいているだろう」

直之進はじっとのぞき込んだ。

「本当だ。珍しいお地蔵さんだな」

雄哲が祠の背後を見つめている。

「やはり火事があったのだな。商家は燃えてしまったのだろう」

確かめるために、蔬菜《そさい》を担いでいる行商人をつかまえ、事情を聞いた。

「ああ、津多屋《つたや》さんですかい。潰れちまいましたよ」

「どうして潰れた」

「一年ほど前にご主人が病にかかって、あっさりと亡くなっちまったんですよ。津多屋さんはご主人で持ってる店でしたから、あれよあれよという間に傾いちまったんです。ほんと、あっけなかったですねえ」

雄哲が顔を突き出す。

「おのりさんというお内儀がいたはずだが」

「ええ、いらっしゃいましたよ。なかなかきれいな女将《おかみ》さんでしたねえ」

行商人は懐かしそうに目を細める。

「その女将さんも亡くなりましたよ。もともと病がちで、いろいろな医者が出入りしてたようですけど、結局、ご主人と同じ病で亡くなったらしいですねえ」

「おのりさんはいつ亡くなった」

「お店が潰れるちょっと前だったですかね」

「そうか、おのりさんは亡くなったか」

行商人が雄哲をじろじろ見る。

「こちらさんはお医者ですかい」

「まあ、そうだ」

「女将さんを診ていたんですかい」

「わしが診ていたら、おのりさんを死なせることはなかったかもしれん」

雄哲がとぼとぼと歩き出した。

「すまなかったな。かたじけない」

直之進は行商人に礼をいい、すぐさま雄哲のあとを追った。

「ちがったな。女絡みではない」

「うむ、全然ちがった」

はあ、と雄哲がため息をつく。

「おのりさんには生きていてほしかった」

よい女だったのだな、と直之進は思った。

「屋敷に戻るか」

雄哲にいった。雄哲が力なく首を振る。

「わしがいれば、死なせなかったのに」

過ぎたことをいっても仕方ないと思うが、人というのはぐずぐずと繰《く》り言《ごと》をいうものだ。直之進は口を挟まず黙っていた。

「うん、今なにかいったか」

雄哲が顔を向けてきた。

「屋敷に戻るかときいたのだ」

「ああ、戻ろう。まず心配あるまいが、万が一お殿さまになにかあったら、おらぬとまずい」

直之進と雄哲は屋敷に帰った。別に水野からの呼び出しはなく、屋敷は落ち着いたものだった。

雄哲が自室に籠もる。直之進は隣の部屋に入り、両刀を鞘ごと引き抜くと、ごろりと寝転んだ。目を閉じる。

用心棒に一人でついたときはいつもそうだが、熟睡することは決してない。少なくとも半刻ごとに目をあけ、依頼主に妙な様子がないか、家のなかにいやな気配が漂っていないか、探る癖がついている。

少し眠気はあるが、このまま寝てしまうようなことはない。

光右衛門のことが頭に浮かんだ。なんとしても助けなければならぬ。今の自分にできることはなんなのか。

我知らず舌打ちが出そうになる。

直之進は、なにも思い浮かばないおのれに腹が立ってならなかった。

三

足を止めた。

「まずはこの屋敷か」

琢ノ介は紺右衛門にきいた。

「さようです」

付近は武家屋敷が建て込んでおり、町屋は見当たらない。目の前にいかめしく建つのも、堂々とした長屋門である。武家地だけのことはあり、静寂のとばりが降りて、町地《ちょうち》の喧噪《けんそう》はまったく届かない。

動かずにいると、途端に体が冷えてくる。今朝は寒く、足先がじんじんとしびれている。思い出したように巻き起こる風は、氷のような冷たさをはらんでいる。身を切るというのは、こういうことをいうのだな、と実感させる風である。

「ここはなんという家だ」

「田澤《たざわ》さまでございますよ」

「旗本か」

「ええ、ご大身でございますよ。千五十石でございますから」

千石を超えれば、旗本としては相当のものだろう。

「なにか役に就《つ》いているのか」

「御納戸役《おなんどやく》でございます」

若年寄の支配の下にあって、将軍家の調度品、金銀、衣服などの出納《すいとう》を司《つかさど》る役目だ。ほかにも仕事はあるのだろうが、琢ノ介が知っているのはこのくらいである。

紺右衛門が、長屋門の小窓に向かって訪いを入れる。小窓があき、しわ深い顔がこちらを見下ろした。

「なにか」

門番ではなく、用人らしいのが琢ノ介にはなんとなくわかった。

「敷島《しきしま》さま」

紺右衛門は丁重に呼びかけ、自らも名乗ってから続けた。

「こちらにご奉公に上がっているおりまに会いたいのですが」

「菱田屋、しばし待て」

小窓が閉まり、足音が遠ざかってゆく。

「おりまというのは」

琢ノ介は紺右衛門にたずねた。

「上州《じょうしゅう》の田舎の商家から出てきて、こちらに奉公している娘でございます。なんにでも一所懸命で、性格も素直ですから、このお屋敷でもかわいがられています」

おりまの面影が脳裏に浮かんだか、紺右衛門が相好《そうごう》を崩す。

足音が戻ってきた。小窓があく。敷島が顔をのぞかせた。

「おりまは不在だ」

「えっ、さようですか。あの、お使いでございますか」

「うむ、そうだ。菱田屋、また日をあらためてくれ」

小窓が閉まりかける。

「あの、おりまはいつ戻りましょう」

「日暮れまでには戻ってこよう」

「日暮れ……。おりまは、そんなに遠くまで出かけたのでございますか」

「そういうことだ」

「一人で出かけたのでございますか」

「奥方さまとだ」

苦い物でも口にしたように、紺右衛門が顔をしかめた。

「奥方さまは病に臥《ふ》されていたのではございませぬか」

敷島が眉根を寄せた。

「うむ、そうであった。奥方さまの用事で、一人で出かけたのだ。菱田屋、納得したか」

「いえ、納得できませぬ。おりまがどちらへ行ったのか、教えてくださいませんか」

「教えることはできぬ」

用人がにべもなくいい、小窓が音を立てて閉じられた。

「お待ちください」

紺右衛門が声を上げた。静けさの壁にひびが入る。

だが、小窓はあかない。紺右衛門が唇を強く嚙み締める。

「おりまの身になにかあったのではないでしょうか」

「どういうことだ」

紺右衛門が顔を険しくする。

「そうとしか考えられません。三月《みつき》前に訪れたときは、何事もなくおりまは明るい顔をしていました。このお屋敷に奉公していることを、心から喜んでいました」

「おりまが、本当に出かけているとは考えられぬか」

「あくまでも手前の勘ですが、ご用人は嘘をついているのではないかと思います。表情がそういうふうに見えました。ええ、まちがいないと存じます」

確信の籠もった声でいって、紺右衛門が琢ノ介を見つめる。

「平川さま、今から押し入ります」

「なんだと」

琢ノ介は飛び上がらんばかりに驚いた。

「菱田屋、本気か」

「はい」

紺右衛門はまなじりを決している。

「押し入るといっても、どうするのだ」

がっちりとした長屋門がそびえ立っている。

「平川さま、お力を貸していただけますか」

「わかった」

一瞬の躊躇《ちゅうちょ》もなく琢ノ介は答えた。紺右衛門がどうするつもりなのか、見届けたい気持ちが強くなっている。

「このくぐり戸を押し破ることができますか」

琢ノ介は長屋門の脇についている戸に目を当てた。古ぼけており、だいぶ痛みが目立つ。

「この程度の戸なら、なんとかできるやもしれぬ」

「では、お願いします」

「菱田屋、本当にかまわぬのだな」

「はい」

紺右衛門が深々とうなずく。

「押し入ったからといって、まさか磔《はりつけ》になるようなことはありますまい」

「よい覚悟だ。――では、やるぞ」

琢ノ介は思い切りくぐり戸を蹴った。大きな音がしただけでなにも起きない。屋敷内で、何やら大声でわめく敷島の声がする。むっと琢ノ介の眉が八の字になった。もう一度、足を突き出した。今度は閂が落ちるような音がし、くぐり戸がぐらりと傾いてひらいた。

本当にやっちまったぞ。さて、これからどうなるのか、と琢ノ介は思ったが、もはや後戻りはできない。

「平川さま、まいりましょう」

「うむ」

背後に紺右衛門を狙っているような気配がないのを、まずは確かめた。

ふむ、わしは冷静だな。よいことだ。

紺右衛門がくぐり戸に身を入れた。うしろに琢ノ介が続く。

「きさまら、なにをする」

敷島がくぐり戸を指さしていう。

「出合え、出合え。曲者《くせもの》ぞ」

「おりまはどこですか」

紺右衛門が敷島に詰め寄る。

「出かけていると申した」

「平川さま、まいりましょう」

琢ノ介は紺右衛門の前に立ち、敷石を踏んで玄関を目指した。すでに大勢の家臣が居並んでいる。

「きさまら、なんの真似だ」

「おりまを捜しています」

平静な声音で紺右衛門が告げる。

「帰れ。帰らぬと、叩っ斬るぞ」

なく壁が崩れた。


「やれますか」

紺右衛門がにらみつける。若い家臣の顔にひるみが走る。

「きさまら、こんなことをして、ただでは済まぬぞ」

「うるさい、どけ」

琢ノ介も凄みを利かせて怒鳴りつけた。それだけで家臣たちがおびえ、あっけなく壁が崩れた。

琢ノ介と紺右衛門は式台《しきだい》に上がった。廊下を左手に進む。

「待て、きさまら」

「勝手は許さんぞ」

叫びながら、家臣たちがついてくる。

「かまうことはない、斬り捨てろ」

そんな声も聞こえたが、斬りかかってくる者は一人もいない。

琢ノ介と紺右衛門は、母屋《おもや》が表と奥に分かれているところまで来た。短い渡り廊下でつながれており、この先は奥方が居住する一角となるはずだ。

「この先か」

琢ノ介は紺右衛門に確かめた。

「おそらくそうでしょう。おりまは奥方付きの女中ですから」

「よし、行こう」

「待った」

敷島が両手を上げて立ちはだかった。

「この先は行かせるわけにはいかぬ」

紺右衛門が顔をぐっと近づけた。

「おりまに会わせないのであれば、手前どもは敷島さまを倒してでも通ってみせます」

敷島の顔にあきらめの色が浮いた。

「わかった。おりまはこっちだ」

敷島が指をさす。

「おまえたちは下がっておれ」

他の家臣たちに強く命じた。

「しかし」

家臣たちから、承服できないという声が発せられた。

「よいのだ。ここはわしにまかせよ」

敷島が琢ノ介と紺右衛門を見る。

「ついてまいれ」

琢ノ介と紺右衛門は、敷島に案内されて母屋の右手のほうに向かった。

「ここだ」

「納戸ではないか」

琢ノ介は不審の思いをあらわにして、敷島にいった。

「そうだ」

敷島がうつむく。

「ここにおりまが」

紺右衛門がただしたが、敷島は無言で戸を横に滑らせた。なかから、かび臭さが漂い出てきた。

「おりま」

紺右衛門が名を呼んで、光のまったく入らない納戸に足を踏み入れる。琢ノ介はその場に立ち、敷島から目を離さずにいた。紺右衛門と一緒に入り、閉じ込められてはたまらない。

「おりま」

紺右衛門が両膝をついたのが見えた。

「かわいそうに」

悲痛な声が琢ノ介の耳を打つ。

「おりまをこんなところに押し込めて、どういうつもりだ」

琢ノ介は敷島を問い詰めた。

「いや、どうもこうもない。ここで病の療治を行っていた」

「こんなに暗くてかび臭いところでか。治る病も治らんだろうが」

唇を幼子のようにとがらせて、敷島がうなだれる。

「田澤の殿さまの命《めい》か」

「ちがう」

「では、奥方か」

「わしの一存だ」

「おぬしのだと。どういうことだ」

そのとき、紺右衛門がおりまを抱きかかえて出てきた。強い光をたたえた瞳で、敷島をにらむ。それから琢ノ介を見た。

「重い病にかかっております。風邪をこじらせたのではないでしょうか。ちゃんとした手当を受けていないのでしょう」

顔を上げ、敷島に激しい言葉をぶつける。

「敷島さま、お約束がちがいますぞ。支度金として、田澤さまにはおりまの実家より大枚《たいまい》を払っております。それにもかかわらず、このありさまとは。約束に反しております。大事な娘をこのようなむごい目に遭わせるとは……」

紺右衛門がぎりぎりと歯を嚙み締めた。おりまを抱えたまま歩き出す。

「菱田屋、おりまをどうするつもりだ」

我に返ったように敷島がきく。紺右衛門が敷島を冷ややかに見た。

「知れたこと。お屋敷の外に運び出し、ちゃんとした手当を受けさせます」

「菱田屋、おりまは当家で預かっている娘だ。勝手な真似は許さぬぞっ」

敷島が赤い顔で怒鳴る。足を止め、紺右衛門が敷島に目を据えた。

「敷島さま、医者に払うお金が惜しくて、このような真似をされたのですね」

うっ、と敷島が詰まる。

「ちゃんとした手当もできぬ屋敷におりまを置いておくわけにはいきません」

紺右衛門がかまわず足を進めた。

「菱田屋、おりまを置いてゆけ」

紺右衛門は昂然《こうぜん》と顎を上げ、無視した。

「菱田屋、町人の分際で、きさま、斬られたいのか」

つと立ち止まった紺右衛門が敷島に近づき、耳元になにごとかささやいた。敷島が顔をゆがめ、むっと押し黙る。

おりまを抱いて紺右衛門が再び歩き出す。

琢ノ介はもし斬り合いになった場合を考え、紺右衛門の盾になることを決意していたが、結局、敷島たちが邪魔することはなかった。

琢ノ介と紺右衛門、おりまは無事に外に出た。ふう、と息が琢ノ介の口をついて出た。冷たい大気が妙に新鮮に感じられる。

「まいりましょう」

おりまを抱き直し、紺右衛門が歩き出す。おりまは昏々《こんこん》と眠っている。というより、意識がないのかもしれない。

「店に帰るのだな」

確かめた琢ノ介は紺右衛門の前に立ち、先導しはじめた。できることならおりまを運ぶのを代わってやりたいが、そんなことをすれば、襲われたときに対処できなくなる。

ところで、と前を向いたまま琢ノ介はきいた。

「先ほど敷島になんといったのだ」

紺右衛門がにこりとする。

「手前が懇意にしている札差《ふださし》の名を出しただけでございますよ」

「札差の名を出しただけで、敷島は畏れ入ったのか」

「はい。おりまのこの件、あの者によくいうておきます、お覚悟あれ、と申したのです」

紺右衛門は晴れ晴れとした顔をしている。

「御納戸役といっても内情は苦しいのでしょう。田澤さまは、その札差にすでに三年分の俸米《ほうまい》の前借りをしているのです。もしその札差を怒らせたら、田澤さまはもはや立ちゆかなくなります」

「なるほど、そういうことか」

納得した琢ノ介はうしろを振り返り、紺右衛門の顔をちらりと見た。なんともあっぱれな男だな、と思う。今回の件で、紺右衛門という男の凄みを感じた。紛れもなく商売に命を懸けている。これほどの覚悟ができている者は、武家にもそういないのではないか。

「おっ、目を覚ましたか」

おりまを見て紺右衛門が喜びの声を上げる。

「あっ、菱田屋さん」

「もう大丈夫だからな。つらかっただろう」

「ここは」

「外だ。寒くはないか。田澤さまのことは気にせずともよい。万事、任せておきなさい。おりまさえよければ、また別のよいお屋敷に奉公できるようにしてあげよう」

「じゃあ、私、お暇《ひま》をもらったことになるのですね」

「こちらから三行《みくだりはん》半を叩きつけてやったのだ」

おりまがほほえんだのが知れた。

「私、きらわれていたのです」

ぽつりといったのが琢ノ介の耳に入る。

「誰に」

紺右衛門が問う。

「奥方さま付きの女中の一人にです」

おりまが咳き込む。

「大丈夫か」

「は、はい。大丈夫です。私、その人に好かれようと思って、一所懸命にがんばったんですけど、駄目でした。がんばればがんばるほど、きらわれていきました」

「おりまは、奥方さまのお気に入りだったのではないか」

「はい、奥方さまには大層、親切にしていただきました」

「女の悋気だな」

紺右衛門が苦笑を漏らす。

「女ばかりのところでは、よくあるのだ」

「悋気というと、私は焼餅《やきもち》を焼かれていたのですか」

「そういうことだな。それで、その続きを、おりま、話せるか」

紺右衛門が優しく問う。

「はい、平気です」

おりまがかすれてはいるが、しっかりとした声で答える。

「このところの寒さで、風邪を引いたのがわかりました。でも、寝込むわけにはいかず、がんばって働きました。その無理がたたって、私、倒れてしまったのです」

「うむ」

紺右衛門が相槌《あいづち》を打つ。

「気づいたらあの納戸に寝かされていました。敷島さまが朝夕の二度、食事を持ってきてくださいました。いつも苦しそうな顔をしていらっしゃいました。あの女中にいわれて、心ならずもこういうことをしているのだと私は思いました」

「そうか、ご用人ともあろうお方がな。敷島さまはその女中に弱味でも握られていたか。食事はなんとかなろうが、おりま、厠《かわや》はどうしていた」

おりまは答えない。

「つまらないことをきいた。おりま、今のは忘れてくれ」

「いいえ、いいのです。敷島さまがおまるを持ってきてくださいました」

折よく四辻に駕籠を見つけた紺右衛門が駕籠かきに声をかけた。

「おりま、その吊り紐を握れるか」

「はい、大丈夫です」

「よし、駕籠屋さん、行ってくれ。病人だ、できるだけ揺らさぬようにな。酒手《さかて》はずむ」

「合点承知」

酒手をはずむと聞いて、二人の駕籠かきが張り切る。

おりまを乗せた駕籠は、紺右衛門が懇意にしている医者の診療所へ向かって駆け出した。

えっほえっほというかけ声を耳にしつつ、琢ノ介は駕籠の横を小走りに進んだ。駕籠を挟んだ反対側には紺右衛門がいる。

「あそこだ」

やがて紺右衛門が指をさした。こぢんまりとした建物が見えた。横に療医庵《りょういあん》と看板が掲げられている。一目で診療所とわかる。

駕籠が療医庵の前で止まる。紺右衛門が財布を取り出し、二分ずつ与えた。琢ノ介は目をむいた。二人合わせて一両である。とんでもない大金だ。二人の駕籠かきは驚いているが、思わぬ幸運に大喜びだ。

「ありがたかった」

紺右衛門が駕籠かきに礼をいう。

「いえ、こちらこそ、こんなにいただいちまって、ありがとうございます」

「なに、当然のことだ」

駕籠に揺られたことがこたえたのか、おりまは先ほどよりも少し顔色が悪くなっている。琢ノ介は素早く診療所の障子戸をあけた。紺右衛門がおりまを抱いて、なかに入る。

琢ノ介も続こうとしたが、ぴたりと足が止まった。一瞬、どうしてこんなふうになったのか、頭がついていかなかった。

誰かが見ている。琢ノ介は覚った。躊躇することなく顔を鋭く動かした。目の端に、ちらりと浪人らしい姿が入った。見えたのは後ろ姿だけで、顔貌などはわからなかった。距離も二十間ほどはあった。

今の浪人が紺右衛門を狙っているのか。あるいは、監視をしているだけなのか。追いかけたい衝動に駆られたが、今からでは無理だろう。それに、こちらに見られたことを知っているだろう、とうに身を隠したはずだ。

くそ、ようやく尻尾をつかんだのに。

心中で毒づきながら、琢ノ介は障子戸を閉め、診療所の土間に立った。

草履や雪駄《せった》がきれいに並んでいる土間から一尺ばかり上がっているのは待合《まちあい》で、八畳間ほどの広さがあった。六、七人の患者が座っている。左側の襖で仕切られているのが診療部屋だろう。急患ということで、すでにおりまはそこに運び込まれているようだ。医者に事情を説明しているらしい紺右衛門の低い声が漏れ聞こえてくる。

　声が途切れ、襖をあけて紺右衛門が出てきた。診療部屋に向かって一礼し、待合に座り込むや、患者たちに深く頭を下げる。

「無理をお聞きくださり、感謝の言葉もございません」

「いいってことよ。お互いさまだあな」

「そうですよ。私たちはなんということもない病ですもの」

「ええ、ええ。診てもらうというより、ここに世間話をしに来ているようなものだからねえ」

　老若男女がそろっている。いずれも人のよさそうな顔をしていた。

「今の娘さんは、風邪かね」

　老婆がしわがれ声できく。

「ええ、こじらせました」

「風邪は万病の元というからねえ、怖いんだよ」

「まったくです」

「でもここの丹研《たんけん》先生は、腕はすばらしいからね、もう安心よ」

「はい、手前もそう思います」

琢ノ介は草履を脱ぎ、紺右衛門の横に座り込んだ。

「よく知っている医者なのか」

「ええ、うちの奉公人が病にかかったときは必ず診てもらっています」

紺右衛門が信頼を寄せているのなら、相当の名医なのだろう。

「本道《ほんどう》のほうが得手なのか」

「外科よりもずっと得意だと思います。難病も治してくれると評判ですから」

「ほう、そうなのか」

遅きに失した。今さら光右衛門を診せてもしようがない。人生というのは、そういうものなのだろう。

とにかく、と琢ノ介は思った。これでおりまのことは、なんの心配もいらないということだ。この診療部屋を出てくるとき、おりまの顔色はまったく別物になっているにちがいない。

「ところで菱田屋」

琢ノ介は声をひそめて呼びかけた。紺右衛門が顔を向けてくる。

「先ほど目を感じた」

「えっ、まことですか」

「姿を見た」

紺右衛門が瞠目《どうもく》する。

「どんな感じの男でしたか」

「男だと。おぬし、男だと知っていたのか」

「ああ、いえ、そういうわけではありません。監視の目を向けてくるなど、男がすることだと思い込んでいたものですから。いい直します。どんな感じの者でしたか」

「浪人のように見えた。おぬし、浪人にうらみを買ってはおらぬか」

「ご浪人にですか」

うーむ、と紺右衛門が考え込む。

「いえ、心当たりはありません」

そうか、と琢ノ介はいった。

「仕方あるまい。今度姿をあらわしたら、きっと引っ捕らえよう。今のところ、それしか手があるまい」

「その通りですね」

深い目の色をして、紺右衛門がうなずいた。

四

雄哲が部屋を出ていったのがわかった。

どこに行くのだろう。

布団に横になっている直之進は、目を閉じたまま考えた。

きっと厠だな。

直之進は神経を集中し、屋敷内の気配をうかがった。なにもおかしなところはない。刺客《しかく》が入り込んできたような剣呑《けんのん》な雰囲気も感じない。

おや。誰か屋敷にやってきた者がいるようだ。下男の扇吉《せんきち》が応対しているのがわかる。

雄哲はまだ部屋に戻ってこない。いや、来たか。こちらに向かっている足音が聞こえる。それが直之進の部屋の前で止まった。

「湯瀬さま」

襖越しに声がかかる。この声は、扇吉ではないか。

「どうした」

少し眠いが、直之進は上体を起こした。まだ夜は明けていない。

「入ってもよろしいですか」

「うむ、入ってくれ」

「失礼します」

襖をあけて敷居をまたいだ扇吉が、畳に両膝をついた。

「旦那さまがお出かけです」

直之進は目を大きく見ひらいた。

「今からか。急患か」

「どうもそのようです」

直之進はすっくと立ち上がり、素早く身支度をととのえた。

「雄哲先生は厠に行ったようだが、まだ部屋に戻っていないのではないか」

「お風呂に浸かっているのですよ」

「この刻限にか」

「ときおりそうされるのです。湯は沸いていないので、ほとんど水風呂ですが」

「この季節でも、そのようなことをするのか」

「はい、毎度のことでございます」

それは驚きだな、と直之進は思った。世の中には酔狂《すいきょう》な者がいるが、雄哲もその一人ということか。寒がりの自分には信じられない。冬のさなかに水風呂など、考えただけでも、ぞっとする。

直之進は袴《はかま》をはき、両刀を帯びて玄関に行き、雄哲が来るのを待った。薬箱を持った助手も来ている。

「お待たせした」

さっぱりした顔の雄哲がやってきた。髪が少し濡れている。

「湯瀬どの、まいろうか」

「行き先は水野さまの役宅でよいのか」

「さよう」

老中の役宅ならここからすぐだ。

刻限は七つ半くらいだろう。直之進は雄哲、助手とともに屋敷の外に出た。刀をきらめかせて襲いかかってくるような者はいない。そんな気配もない。

提灯を手に助手が前を行く。右手には薬箱を持っているから、たいへんだ。提灯くらい持ってやりたいが、一瞬の遅れが生死を分けることもある。ここはただ見ているしかない。道脇の風景が光の輪にやんわりと照らし出されては、また闇に隠れるということを繰り返している。

「急患とのことだが、誰がよくないのかな。水野さまか」

直之進は横を歩く雄哲にきいた。

「いや、奥方さまとのことだ」

「どこが悪い」

「あまり大きな声ではいえないが、心の臓だ」

「ひどいのか」

「たいしたことはない。薬で抑えられるからな。ただ、あまり投薬が過ぎると、効き目が薄れてくるから、そのあたりのさじ加減がむずかしい」

「心の臓の急患というと、胸が痛いということか」

「そうだ。ちょっと締めつけられる感じがあるのだろう」

「そういうものか」

直之進は胸に手を当ててみた。苦しくはないし、締めつけられるようなこともない。

雄哲が小さく笑う。

「おぬしは健やかそのものだ。なんの心配もいらぬ。病は歳を取ってからいっせいに襲いかかってくる」

「どうして若いうちは病にかからぬ」

「なかにはかかる者もいる。だが、若いうちは体が強く、病に勝てるのだな。体が老いると、病に負ける。これまで抑えつけられていたものが、いっせいに立ち上がるということかな。百姓一揆《いっき》のようなものだ。押さえる力がゆるむと、蜂起《ほうき》する」

あまりよいたとえとも思えず、直之進はなにもいわなかった。

「水風呂にはどうして入る」

「好きだからだ。特に冬の水風呂は大好きだ。体があたたかくなるからな」

直之進は意外なことを聞いたと思った。

「あたたかくなるのか」

「そうだ。今もぽかぽかだぞ」

「凍《こご》えるような水に浸かるのに、どうしてそのようなことになる」

「さあな、わしにもよくわからん。若い頃、水垢離《みずごり》をして体があたたかくなるのを知った。それから癖になったのだ。夏も気持ちよいが、冬のほうがいいな」

水野の役宅の門には、赤々と二つの提灯が灯されていた。直之進は老中の役宅に入るのは初めてだった。どういう造りなのか、沼里の上屋敷と同じようなものなのか。

大勢の者が屋敷にいて、動き回っていた。こんなに朝早くから、どうしてこれだけの者が起きているのか不思議でならない。奥方が病だから大騒ぎしているのだろうか。いや、そうではない。どうやらほとんどの者が武術の鍛錬に精を出しているようだ。水野家というのは武芸を尊ぶ家柄だったのか。自分がただ知らないだけだったのか。

そのことを雄哲にきいた。

「なに、今のお殿さまがとにかく熱心なのだ。武術を奨励《しょうれい》している。それに家臣たちは応えているのだが、なかなかご苦労なことだ」

玄関に入ると、二人の家士が出てきた。直之進は控えの間に通された。火鉢が置いてあるからあたたかいが、それだけだった。

「では、行ってくる。待っていてくれ」

正座した直之進に声をかけて、雄哲が助手とともに奥に向かう。水野家の家士が二人を案内してゆく。

ほかにすることもなく、直之進は目を閉じた。雄哲を狙ってこの屋敷に乗り込んでくる者がいるとはさすがに思えず、少しくつろいだ気分になった。

雄哲たちはどのくらいで戻ってくるのか。半刻ほどだろうか。腹が空いてきた。考えてみれば、朝餉はまだだ。

茶くらい出てもいいと思うが、それもない。手持ちぶさただ。

こんなとき、主家に仕えていた昔を思い出す。あの頃も城内では退屈だった。無役だったから滅多に出仕することはなかったが、ときに呼び出されることはあった。今と同じく、退屈で仕方なかった。ときがなかなかたたなかった。

横になって眠れたら、どんなにいいだろうか。だが、そんな真似は決してできない。書物があればときを潰せるが、それもない。

じりじりするようなときが過ぎてゆく。空腹が耐えがたいものになってきた。だが、ひたすら我慢するしかなかった。

若い頃、似たようなことがあったのを思い出した。あのときはあまりに腹が空いて、目が回ったものだ。最後はぶっ倒れたのではなかったか。

沼里で通っていた道場の修練の一環で、明け六つから正午まで竹刀を振り続けたことがあった。事前に師範代から、しっかり朝食をとってから来るようにといわれていたにもかかわらず、起きる予定の刻限を過ぎて目覚め、なにも腹に入れることなく道場に駆けつけることになったのだ。

水をたっぷりと飲み、空腹を紛らわしておいて直之進は修練に臨んだ。最初はよかった。なんということもなかった。むしろ体は軽いくらいだった。

だが、一刻ほど経過したあたりからつらくなってきた。空腹と戦いながら、修練をなんとか終えたものの、直後、直之進はその場に崩れ落ちたのである。

食べ盛りのときで、あれは実につらい経験だった。

そんなことを思い出していたら、ようやく雄哲が下がってきた。刻限はすでに四つを回っていた。

「待たせたな」

「ああ」

雄哲が直之進の顔をじっと見る。

「なんだ、機嫌が悪いな」

「そうか」

「無理もないな。おぬし、二刻半はここにいたからな」

「奥方の病は重かったのか」

「そうではない。ほとんど話相手になっただけだ。わしもつらかったぞ」

「朝餉は」

「もらった」

雄哲がくつくつと笑う。

「機嫌が悪いのは、腹が減っているせいもあるのだな。屋敷に戻ろう。食べさせてやる」

直之進たちは水野の役宅を出て、雄哲の屋敷に向かった。

屋敷の門前で、富士太郎と珠吉に会った。

「直之進さん」

富士太郎が駆け寄ってきた。

「おう」

直之進は笑顔を向けた。

「この前は助かった。かたじけない」

「いえ、こちらこそありがとうございました」

「富士太郎さんには感服した」

「いえ、なんでもありませんよ、あのくらい」

雄哲が、富士太郎と親しく話す直之進を見て不思議そうにしている。

「ところで富士太郎さん」

直之進は空腹を抑えつけてたずねた。

「どうして珠吉と二人で、こんなところにいるのだ」

あたりは武家屋敷ばかりで、大名屋敷も多い。町地はなく、町人の姿を見かけることはほとんどない。

「雄哲先生に会いに来たのです」

えっ、と直之進は虚を衝かれた気分だ。

「富士太郎さんは、雄哲先生のことを知っているのか」

「ええ、よく存じていますよ」

これは意外だった。どういう知り合いなのか、知りたかったが、その前に雄哲が富士太郎にきいた。

「急患でも出たのか」

「いえ、急患というほどではないのですが、それがしの屋敷で働いてくれている娘が風邪を引いたのです。風邪くらいで雄哲先生のお手をわずらわせるのはどうかと思いますが、往診をお願いしたくて、まいりました」

「働いてくれている娘というと、智代《ともよ》さんか」

雄哲が問うた。智代のことまで知っているのだ。相当親しくしているのはまちがいない。

「ええ、さようです」

富士太郎がうなずく。

「わかった。今から行こう」

「本当ですか」

富士太郎が顔を輝かせる。

「それがしは仕事があるのでお連れできぬのですが、お願いしてよろしいですか」

「もちろんだ。屋敷には田津《たづ》どのもいらっしゃるのだろう」

「はい。母上も雄哲先生にお目にかかれたら、喜ぶと思います」

雄哲が直之進をちらりと見る。

「こちらの湯瀬どのが腹を空かしている。飯を食べてもらったら、すぐにまいろう」

「直之進さん、朝餉を食べていないのですか」

「そうだ。ちょっとあってな」

富士太郎と珠吉は、直之進と雄哲がなぜ一緒なのか、興味を引かれた顔をしていたが、直之進が雄哲の用心棒についているのだろうと想像がついたようだ。

「雄哲先生、なにかあったのですか」

「うむ、まあな」

雄哲が言葉を濁す。富士太郎が気がかりそうな目を直之進に向けてきた。直之進は、大丈夫だ、という意味でうなずいてみせた。

「さようですか」

いいたくないのを無理に聞き出そうとするような真似を、富士太郎はしない。

「では、仕事に戻ります」

「気をつけてな」

雄哲が優しい声を出す。富士太郎がにっこりと笑う。

「気をつけます。雄哲先生も」

「ああ、肝に銘じよう」

富士太郎と珠吉が去ってゆく。

空腹を忘れて直之進は二人を見送った。

「雄哲先生はどうして富士太郎さんのことを知っているのだ」

同じように富士太郎たちの後ろ姿を眺めていた雄哲が目を向けてきた。

「なに、富士太郎どののお父上の最期を看取ったのが、このわしなのだよ」

直之進は驚愕した。どういうことなのか、聞きたかった。

だが、それに触れることなく、雄哲が屋敷内に声をかけ、下男の扇吉にくぐり戸をあけさせた。

五

立とうにも立てなかった。

琢ノ介は衝撃を受け、足に力が入らない。

「まことのことか」

ようやく声を出すことができた。

「残念ながら、本当のことのようです」

目の前に座り込んだ紺右衛門は、無念さを顔ににじませている。

「どうして皿木は死んだのだ」

琢ノ介は紺右衛門にきいた。

「料亭から出た萬吉親分に、四人の刺客が襲いかかったようです。皿木さまは親分を守ろうとして盾になり……」

琢ノ介はその場面が脳裏に浮かび、一瞬瞑目した。

「それはいつのことだ」

「昨日の夜のことです」

「それが今になって知らせがきたのか」

「はい」

「襲ってきた四人は何者だ」

「どうやら萬吉一家と敵対している一家の者のようです。縄張をめぐって争っていたとか」

そうか、と琢ノ介はいった。

「萬吉の家に行くのか」

「そのつもりです」

紺右衛門が一緒に来てほしいといいに来たのを、琢ノ介は覚った。足に力を入れて立ち上がり、腰に刀を差した。

萬吉が、真っ赤に腫《は》らした目を畳に落とす。顔を上げられずにいる。

琢ノ介と紺右衛門の前に敷かれた布団の上に、ものいわぬ皿木堅太郎が横たわっていた。顔に白い布がかかっている。

「皿木さまは、身を挺してあっしを守ってくださいました」

萬吉が重い口をひらく。

「四人の男が襲ってきたのですが、一人に脇腹を深々とえぐられたんですよ。二人に深手を負わせ、別の一人にも傷を与えたんですけど、最後の一人にやられてしまったんです。しかし、皿木さまが奮戦してくれたおかげで、あっしはこうして命を長らえることができました」

脇腹をえぐられたら、もう助からない。それは堅太郎もわかっただろう。薄れゆく意識のなか、いったいなにを思ったのだろうか。病の母親のことか。

「他の用心棒は役立たずでしたよ。懸命に守ってくれたのは、皿木さまだけでした」

「四人の刺客はどうした」

琢ノ介はただした。

「結局あっしの命を取れず、ふらふらと逃げていきましたよ」

そうか、と琢ノ介はいった。自分が余計なことをいったから、皿木堅太郎は死んだのではないか。

「ご遺骸を引き取らせていただいてもかまいませんか」

紺右衛門が申し出る。

「母御のところに連れていくのか」

「そのつもりです」

「じゃあ、うちの若いのを貸そう」

「では、お借りします」

一家の前の通りに荷車がつけられた。それに堅太郎の遺骸がのせられる。筵《むしろ》がかけられ、縛《いまし》めがされる。

萬吉が、子分に守られて外に出てきた。紺右衛門に近寄る。

「葬儀は母御のところでやるんだな」

「さようです」

「わかった。必ず行くからな」

「承知いたしました」

萬吉が、荷車についている若い者に命ずる。

「よし、行け」

四人の若い者の手で、荷車がゆっくりと動き出した。

琢ノ介と紺右衛門は荷車の後ろについた。

「平川さま、お気に病むことはありません」

紺右衛門が慰める。

「皿木さまはまだお若く、場数が足りなかったのですよ。酷ないい方をいたしますが、それだけのことです。運がよい者は、そういう修羅場をくぐり抜けて成長してゆきます。皿木さまは、残念ながらそういう運に恵まれていなかった。悲しくてなりませんが、これがきっと寿命だったのでしょう。今はそう思うしかありません」

琢ノ介は紺右衛門を見つめた。

「他の用心棒は、おぬしが送り込んだ者ではなかったな」

「はい、その通りです。親分は、ほかの用心棒は無事といっていました」

「皿木のおかげで菱田屋の面目は立ったということか」

紺右衛門がうつむく。

「手前どもの面目など、どうでもよいのです。役目を全《まっと》うされた皿木さまはご立派なのですが、手前は残された母上さまに申し訳ない気持ちで一杯でございます」

「母御には知らせてあるのか」

「はい」

紺右衛門がうなずく。

「手前が行ってまいりました」

「なに」

琢ノ介は驚愕した。

「一人でか」

「はい。余人に任せられませんので」

「なんと無茶をするものよ」

琢ノ介は唇を嚙み締めた。

「おぬしが店を出ていったことは、まったく知らなんだ。帳面と向き合っていると思っていた。奉公人もほとんど気づかなかったのではないのか」

「そうかもしれません」

琢ノ介は紺右衛門を見つめた。

「二度と勝手な真似はせんでくれ。それでもし、おぬしが殺されるようなことがあったら、わしは腹を切らねばならん」

紺右衛門が申し訳なさそうな顔になり、こうべを垂れた。

「承知いたしました。もう二度と一人で出かけるようなことはいたしません」


堅太郎の母親は長屋住まいだった。

長屋の住人たちが総出で堅太郎を出迎えた。

紺右衛門が、三十代の終わりと思える女性《にょしょう》に静かに歩み寄り、深々と頭を下げた。

「このたびはこのようなことになり……」

女性がさえぎる。病にかかっているということだが、ほとんどそれを感じさせない顔色だ。

「それは先ほどうかがいました。この子は」

荷車に目を当てた。瞳がわずかに揺れる。

「こういうことになるのを覚悟して、用心棒の仕事に就いたのです。そのために高い報酬をいただいていたのです。菱田屋さんが謝られることはありません」

紺右衛門がうつむく。

「この子のおかげで、私の病はよくなってきました。でも、ちっともうれしくありません」

必死に武家としての矜持を保とうと、悲しみに耐えていたのだろうが、母親の目から涙があふれた。

琢ノ介は慰めたかったが、なんと言葉をかければよいのか、わからなかった。それは、その場にいる誰もが同じだった。荷車に取りすがって泣く母親を、立ち尽くして見守ることしかできなかった。

母親が泣き止むのを待って、堅太郎の遺骸が下ろされた。長屋に運び込まれると、すでに用意してあった棺桶《かんおけ》に入れられた。茶碗に飯が盛られ、それに箸が突き刺してある。線香が焚かれ、長屋のなかは霧がかかったようになった。

やがて近くの寺から和尚《おしょう》がやってきて、読経《どきょう》をはじめた。

長屋の女たちのすすり泣く声が高くなった。母親は毅然とした態度に戻っている。もう二度と泣くまいと心に決めているかのようだ。

約束通り、萬吉もやってきた。子分はなかに入れず、一人で母親に悔やみの言葉をかけた。香典帳《こうでんちょう》に住所、名、金額を書き入れる。それから堅太郎の前に香典を供《そな》えた。

葬儀は深い悲しみに包まれていた。琢ノ介はもらい泣きしそうになった。紺右衛門も目を赤くしている。

いったいこの男を誰が狙っているというのか、と琢ノ介はあらためて思った。まさか、光右衛門ということはないだろうか。なにを馬鹿なことを考えているのだ、と琢ノ介はその思いを一蹴した。光右衛門がそんな真似をするわけがないのは、わかりきっているではないか。地所を守るために、紺右衛門をなんとかするような男ではない。

あの浪人者は、誰に頼まれて紺右衛門を狙っているのか。


重い足取りだ。

「母御は死なぬだろうな」

琢ノ介のつぶやきに紺右衛門がちらりと振り返った。琢ノ介も首を曲げ、そちらを眺めた。すでに長屋は見えなくなっている。夜通し行われた葬儀はようやく終わりを告げ、朝靄《あさもや》のなかに江戸の町はある。大勢の人が道を行きかいはじめていた。

「息子が死んだのは、自分のせいだと思っているだろうからな。武家なら十分すぎるほどあり得る。菱田屋」

「なんでしょう」

「おぬしはすでに、あの母御を死なせないようにするための手立てを考えているのではないか」

紺右衛門が控えめに顎を引く。

「手立てという大仰なものではありませんが、はい、考えがございます」

「当ててみせようか」

琢ノ介は紺右衛門を見つめた。

「あの母御は息子が生き甲斐だったのだろう。生き甲斐を失った者には、生き甲斐を与えてやればよい。果たしてそれが生き甲斐になるかはわからぬが、おぬしは寮の娘たちの世話をさせるつもりでいる。ちがうか」

紺右衛門が驚きの顔になる。

「まさしくおっしゃる通りでございます。寮の娘たちを厳しくしつけ、武家奉公に上がる前の心構えも説いてくださるでしょう。なにより、かしましい娘たちを相手にしていれば、悲しみも紛れるのではないかと考えまして」

「母御には、そのことはもう話してきたのだな。どうだった。母御はなんと答えた」

「考えさせていただきますと」

「体のほうが大丈夫なら、きっとつとまろう」

「手前もそう思います。母上さまは前向きに考えてくださっていると思います。ただ、同じ菱田屋の仕事ということで、いやな気持ちになられるかもしれないとは思っています」

琢ノ介ははっとし、右手で紺右衛門を制した。紺右衛門が歩みを止めた。

目の前に立ちはだかる影があった。琢ノ介は腰を落とし、見透かした。この前、姿を見たばかりの浪人ではないか。

「何者だ」

琢ノ介は刀の鯉口《こいぐち》を切り、誰何《すいか》した。浪人は琢ノ介の肩越しに、紺右衛門を見据えている。殺気は発していないが、相当の腕を持っていることはわかった。

目が怒ったようにつり上がり、鼻筋が通っている。顎が角張り、耳が張り出したように大きい。口元は意志をあらわすかのようにかたく引き締められている。

浪人が唇をゆるめてにやりと笑い、きびすを返す。

「待て」

琢ノ介の声は無視された。浪人は振り返りもせず、足早に遠ざかってゆく。

捕らえるか。琢ノ介は足を踏み出しかけた。いや、待て。まだ仲間がいるかもしれぬ。わしを菱田屋から引き離そうという策かもしれぬ。

ふう、と琢ノ介は体から力を抜いた。

「今の男は知り合いか」

「いいえ」

紺右衛門が言葉少なくかぶりを振る。

「一度も会ったことはないか」

「はい。一度でも会っていれば、手前は忘れません」

そうだろうな、と琢ノ介は思った。それにしても、これまで紺右衛門をずっと見てきたが、この男がうらみを買うとは思えない。もっとも、田澤家のときのようなことがあるから、そうとはいえないが、ふつうに考えれば、紺右衛門にうらみを持つ者がいるとはとても思えない。

「おぬし、なにか見てはならぬものを見たような覚えはないか」

「それは、人殺しや押し込み、盗みの場面を、手前がそうと知らずに見てしまったということですね」

「そうだ」

うーむ、とうなって紺右衛門が考え込んだ。

やがて顔を上げた。

「心当たりはありません」

「わかった」

琢ノ介はうなずいた。

「よし、行くか」

足を引きずるようにして、二人は歩きはじめた。

六

もっと早く樺山屋敷に行くつもりだった。

一夜明けて、今日の早朝になったのは、昨日、富士太郎に智代の往診を頼まれた雄哲に急患があったからだ。

商家の一人娘が高熱を発したのである。雄哲は付きっきりで療治《りょうじ》に当たった。熱を下げるような薬は飲ませず、雄哲はとにかく汗をかかせるだけかかせると いう手立てを取った。部屋にいくつも火鉢を置き、がんがんに焚かせたのだ。

娘には意識があり、水はいくらでも飲めた。汗が出きった頃には、熱も下がっていた。

これで心配がいらなくなったと見た雄哲は三日分の薬を処方し、商家をあとにしたのである。

ずっと待たせていた駕籠に乗り込み、屋敷に戻ったのが夜半を過ぎた八つ頃だった。

一刻ばかり眠り、水風呂に浸かった雄哲は、これから駕籠で樺山屋敷に行くと告げたのだ。

少し歩いただけで疲れてしまうのが嘘のような頑健さに、正直、直之進は驚きを隠せなかった。

今朝の冷え込みはさほどのものではない。どこか春近しを思わせるところがある。

このままあたたかくなってくれたらよいが、そうは問屋が卸さぬだろうな、と直之進は思った。

あたりに剣呑な気配はない。どこからか盛りのついた猫の声が聞こえてきた。

直之進は前に目を向けた。あたりはかなり明るくなってきた。七つ半という頃合いだろうか。

あとほんの二町で八丁堀《はっちょうぼり》の組屋敷に着くというとき、背後から剣気がふくれ上がった。

直之進は助手を突き飛ばすと、刀を抜きざま、剣気を感じたほうへと走り寄った。影が駕籠の横に立ち、刀を突き通そうとしていた。

「そうはさせるかっ」

直之進は叫び、影に躍りかかった。刀を振り下ろす。がきん、と音が発せられた。直之進の斬撃は影の持つ刀を上から押さえつける形になり、刃《やいば》は駕籠に届かなかった。

「おのれっ」

憤怒の声を上げて影が直之進に向き直る。覆面をしていた。

直之進はかまわず刀を振り下ろしていった。

覆面の侍が刀を上げ、かろうじて受け止める。刀を斜めに下げ、直之進の刀を受け流そうとする。

直之進はすぐさま刀を上げ、再び袈裟《けさ》斬《ぎ》りを見舞った。覆面の侍は刀で受けた。反撃に出ようとするが、直之進は胴に刀を払っていった。覆面の侍はそれもがきんと受け止めたが、直之進の斬撃をまともに受けて、ずずと後ろに下がった。右足がやや流れた。

左の脇腹に隙ができる。それを見逃さず、直之進は刀を横に払った。

体をねじることでかろうじてかわしたが、覆面の侍の体勢は完全に崩れた。斜めに倒れかけた体を立て直すことなく、そのまま駆け出した。

「逃がすか」

直之進は怒鳴ったが、足はその場から動かなかった。雄哲から離れるわけにはいかない。覆面の侍は、ちらほらと人が行きかいはじめた町のなかに消えていった。

「雄哲先生」

覆面の侍が戻ってこないのを確信した直之進は、駕籠に声をかけた。

「湯瀬どの」

引き戸があき、雄哲が顔を見せた。

「雄哲先生、怪我はないか」

「もちろんだ」

雄哲が深い吐息を漏らす。

「驚いた」

「まったくだ。いきなり駕籠の横にあらわれたから、一瞬、俺も焦った」

雄哲が直之進を見上げ、首を横に振った。

「わしが驚いたのは、湯瀬どのにだ」

「俺に」

「ああ、紛れもなく命を賭して戦っていたな。すごい気迫がわしにも伝わってきた。震えが出るほどだった」

「これが仕事だ」

「だが、適当にやる者も多かろう」

琢ノ介にも最初はそんな様子があった。だが今はちがう。琢ノ介が今の侍の襲撃を受けたとしても、ものの見事に守りきっただろう。

「なかなかの遣い手だった。雄哲先生、顔は見ていないな」

「ああ、駕籠から出られなかった」

「もっとも、覆面をしていたからな。侍に狙われるような心当たりは」

「わからんな。ないと思うのだが」

「今の侍だが、左目の下に泣きぼくろがあった」

「見たのか」

「うむ、覆面のあいだから見えた」

「さすがだな」

「そうでもない。逃がしたのだ。捕らえておけば、それで済んだものを」

「気にせずともよい」

穏やかにいって、雄哲が駕籠から出てきた。

「歩くのか」

「うむ、そうしたい気分だ」

「怖くはないのか」

「怖くない。湯瀬どのがいる」

「そうか。では行くか」

直之進と雄哲は肩を並べて歩き出した。

しばらく無言だったが、不意に雄哲が口をひらいた。

「若い頃の話だ」

唐突なことで驚いたが、直之進は黙って耳を傾けた。

「先ほどの商家の娘もそうだが、病には熱を冷まさせる必要がなく、むしろ熱を出させたほうがよい類のものがある。わしが二十年近く前に出会った患者も、そういう類の病にかかっていた」

「うむ」

直之進は相槌を打った。

「だが、わしはその患者に解熱の薬を与えてしまったのだ。患者は幼い女の子だったが、それがためにはかなくなってしまった」

えっ、と直之進は雄哲を見つめた。雄哲は力なく首を振っている。

「そのことをわしは認め、両親に謝罪した。そうすべきだと思ったからだ」

「よい心がけだと思うな」

下を向き、雄哲が語り続ける。

「わしのせいで娘が死んだことを知った両親は、金を要求してきた。わしとしても申し訳ないという気持ちで一杯だったから、払えるだけの金は払った。だが、それでも二人の要求は止まらなかった。まさに際限なく要求してきたのだ」

　人というのはそういうものなのだろうな、と直之進は思った。

「わしは窮した。仕方なく御番所に仲裁を依頼したのだ。そのときにあいだに立ってくれたのが、樺山さまだった。富士太郎さまのお父上だよ。うまく取りはからってくださり、わしは救われた。樺山さまには感謝してもしきれない」

「ほう、そんなことがあったのか」

「わしがまだ町医者だった頃のことだ。富士太郎どのは、生まれてまだ間もなかったな。何度も熱を出して、わしは大あわてで駆けつけたものだ。恩人の跡取りを死なせるわけにはいかんからな」

「雄哲先生のおかげで、富士太郎さんは生きられたのか」

「いや、わしの力など、たいしたことはない。もともと富士太郎どのの生きる力が強かったのだ。一物《いちもつ》も、赤子とは思えないほど大きかった。これは将来おなごを泣かすことになるのではないかと思ったが、そういうことにはならなかったな」

　富士太郎の一物のことは、前に珠吉もいっていた。とても立派で、将来大物になるのではないかと思ったとのことだった。

「ああいう赤子は運命に定められているというのか、そうたやすく死ぬことはない。もっとも、当時のわしにはそれがわからず、とにかく必死だった」

「うむ、そうだろうな」

「わしは、二度と薬の処方をまちがえぬよう、精進に精進を重ねた。だが、今もあのときのことは、頭にこびりついて離れない」

よく立ち直ったものだな、と直之進は感心した。

「雄哲先生は立派だな」

「わしが立派か。そんなことはないさ」

「雄哲先生が楽をして今の地位に就いたわけではないことがよくわかった。世の中にねたむ者は尽きぬが、そういう者は本人がどれだけ努力を重ねてきたか、今も重ねているか、自らを振り返ってみようとせぬ。俺はときおり腹が立ってならぬ」

「湯瀬どのも今の腕を身につけるのには、血のにじむような鍛錬をしたのであろうな」

直之進はにこりとした。

「俺などまだまだだ。もっともっと精進せねばならぬ」

樺山屋敷に着いた。

出仕前で、富士太郎はまだ屋敷にいた。雄哲と直之進の顔を見て、ほっとしていた。

「遅くなって申し訳ない」

雄哲が富士太郎に頭を下げる。

「いえ、そんな。先生はお忙しいお方ですから、仕方ありませんよ」

田津も出てきて、雄哲と直之進に挨拶する。

「こんなに朝早く来ていただき、感謝の言葉もありません」

「いえ、田津どの。顔を上げてください」

田津がその言葉にしたがい、雄哲をそっと見つめる。瞳にすがるような色がある。

「では、智代どのを診させていただこうか」

雄哲が田津に案内されて、助手とともに智代の部屋に向かう。直之進は富士太郎とともに隣の部屋に移った。

隣の気配に耳を澄ませる。直之進も耳を傾けた。

雄哲は冷静に智代を診ているようだ。襖越しに伝わってくる気配には怜悧《れいり》さがあり、覆面の侍に襲われた衝撃など、微塵《みじん》も感じさせない。このあたりはさすがとしかいいようがない。患者に不安を与えることが一切ないということなのだ。

しばらくして襖があき、雄哲と助手がでてきた。田津は布団を離れず、智代の顔を見つめている。

「智ちゃんの具合はいかがですか」

富士太郎がすぐさま雄哲にきいた。

「富士太郎どのがいっていたように、風邪だな。ちと無理をしてこじらせてはいるが、心配はいらない。少々、疲れがたまっていたのであろう」

「心配はいらぬのですね。よかった」

富士太郎が安堵の顔になる。

「長くて三、四日安静にしていればよい。よく効く薬を飲ませたから、たくさん汗をかくはずだ。田津どのにもいったが、着物を取り替え、布団も忘れずに替える。水を飲ませることを忘れないように。汗が出切れば、熱は必ず下がるからな」

「はい」

富士太郎は、一言も聞き漏らすまいと真剣な顔だ。

「平熱になったら、田津さんに渡した薬を煎《せん》じて飲ませなさい。そうすれば、快復が早い」

富士太郎が、雄哲に深々と頭を下げた。

「富士太郎」

隣の間から田津がせがれを呼んだ。

「なんでしょう」

「私が智代さんの看病をしますから、あなたは気兼ねなくお勤めに出なさい」

「はい、わかりました」

富士太郎が畳に両手をそろえる。

「母上、よろしくお願いします」

「親子なのだから、そんなにかしこまることはありません」

「いえ、これもけじめです」

「よし、わしらもお暇《いとま》するかな」

雄哲が直之進と助手に目を向ける。

「ちょっと待ってくれるか」

直之進は富士太郎に向き直った。

「富士太郎さん、話がある」

「なんでしょう」

富士太郎は真摯な顔つきだ。

「実は、先ほど雄哲先生が襲われた」

「ええっ、なんですって」

「それで、富士太郎さんは、左目の下に泣きぼくろがある浪人風の殺し屋を知らぬか」

「左目の下に泣きぼくろですか」

「賊は若かった。得物は刀だ」

富士太郎が深く顎を引いた。

「泣きぼくろの殺し屋のことは初耳ですが、調べてみましょう。奉行所内に知っている者がいるかもしれません」

「かたじけない」

直之進はこうべを垂れた。

「直之進さん、そのようなことはしないでください」

富士太郎が明るくいう。

「直之進さんとそれがしの仲ではないですか」

「その通りだな」

直之進は破顔した。富士太郎と出会えたことがうれしくてならない。

それは、と直之進は思った。雄哲先生にも当てはまることだ。

第四章

一

一礼して手代が入ってきた。

「こちらを」

手渡されたのは文である。

「かたじけない」

手代が出てゆき、襖が閉じられる。琢ノ介は文を裏返した。おっ、と目をみはる。おあきからだ。急いで封を切った。

文には、光右衛門の容体が記されていた。今のところとても元気で、歩くこともできている。よく食べてもいる。なにも心配はいらないとのことだ。

琢ノ介は安堵の息をついた。光右衛門が元気でいてくれるなら、それ以上のことはない。このままずっとよい調子が続いてくれればよいのだが、と心から願う。

　文には、琢ノ介が健やかに過ごしているか案じているとも書かれていた。祥吉も会いたがっている。寂しそうにしている。私も早く会いたい。首を長くして帰りを待っている。

　それで文は締めくくられていた。

　文を閉じようとして、もう一度読んだ。琢ノ介は胸が一杯になった。早くこの仕事を終わらせ、米田屋に帰りたくなった。

　その思いを破ったのは、廊下を渡ってくるあわただしい足音である。なにかあったのを覚った琢ノ介は文をたたみ、懐にしまった。

「平川さま」

　顔をのぞかせたのは先ほどの手代である。顔色が一変している。なにやらまずいことが出来《しゅったい》したのは明らかだ。

「どうした」

「旦那さまが、いらしてくださいと申しております」

　すでに紺右衛門は店先にいた。

「平川さま、一緒においでください」

琢ノ介を見ると、すぐにいった。紺右衛門の声は穏やかで、相貌も落ち着いている。少なくとも血相を変えてはいない。ただ、目がわずかに充血していた。

「うむ、わかった」

今日は琢ノ介だけでなく、剛吉《ごうきち》という番頭も連れてゆくようだ。

「石形屋《いしがたや》さんという店にまいります」

紺右衛門が行き先を告げた。琢ノ介たちは歩き出した。今朝に限っては、奉公人が顔をそろえ、見送っていた。

「石形屋というのは商家か」

あたりに警戒の目を配って琢ノ介は問うた。

「味噌醤油問屋で、相当の大店です。この剛吉が担当している店でございますよ」

申し訳なさそうに剛吉が身を縮める。

今度は味噌醤油問屋か、と琢ノ介は思った。口入屋というのは商売の間口が広いだけに、実にさまざまなことが起きるようだ。

これまで、光右衛門はそのようなことは一度も口にしたことはない。だが、問題が起きなかったはずがない。いくらでもあったはずだ。それをすべて自分一人の力で解決してきたのだろう。しかも、わしらには問題が持ち上がったことを感じさせなかった。あの男はすごい、と琢ノ介は心が震えた。米田屋のあるじとしての度量の広さを、琢ノ介はいま思い知った気分だ。

快復してほしい、と心の底から願った。そして、自分にいろいろなことを叩き込んでほしい。

そうなのだ、と琢ノ介はあらためて思った。直之進もいっていたが、別にあの地所でなくても、やろうと思えば口入屋はどこでもできる。大切なのは信用、信頼である。紺右衛門や光右衛門を見ていればよくわかる。場所など問題ではないのだ。

よし、わしはやるぞ。地所を取り上げられることを、いつまでもくよくよと思い悩むことなどない。

羽でもついたかのように心が軽くなった。

だが、後ろを歩く紺右衛門と剛吉のことを思うと、喜んでばかりいられない。

「いったい石形屋でなにが起きた」

前に顔を向けたまま琢ノ介はたずねた。紺右衛門が静かにかぶりを振ったのが知れる。

「詳しいことは向こうで聞きましょう」

琢ノ介に否《いな》やはなかった。

味噌のいい香りがする。

うまい味噌汁が飲みたくなった。だが、今はそんなことを考えている場合ではない。

琢ノ介たちは、石形屋の奥座敷に正座している。店の空気はかたく、どこか科《とが》人《にん》のような扱いである。もちろん、茶など出るはずもなかった。

それにしてもこの店は広い。まるで大名屋敷のようだ。下手な旗本屋敷など、及びもつかない。江戸でこれだけの敷地を持てる店など、そうはないだろう。庭だけ取ってみても、木々が鬱蒼《うっそう》とし、どれだけの奥行きがあるか、わからないほどなのだ。

この座敷に来るまでにも、長い渡り廊下を歩いた。江戸で初めて見る鳥が木に止まっていて、琢ノ介はびっくりしたものだ。

廊下を渡る足音が聞こえ、やせて顔色の悪い男が襖をあけて姿を見せた。不機嫌そうな顔を隠そうともしていない。その面は、この前会った雄哲という医者を思わせた。

歳は六十近いか。光右衛門とあまり変わらないだろう。足腰がしっかりし、壮健そうなのが、なんとなく腹立たしかった。

男は琢ノ介たちの正面に正座し、顎を昂然と上げた。

「こちらは、ご主人の久万兵衛《くまべえ》さんです」

紺右衛門が琢ノ介に紹介する。

「こちらのお方はどなたですかね」

久万兵衛が怪訝そうな目を琢ノ介に向けた。

「口入屋の見習いをしている平川さまです。これから口入れ稼業に乗り出そうとしているところで、手前が連れ歩いております」

「口入れ稼業の見習いですか」

久万兵衛が薄い眉を寄せる。

「手前から大切な話があるのですが、信用のできるお方ですか」

「もちろんですよ。すばらしいお人柄です」

「ほう、さようですか」

久万兵衛は納得した顔ではなかったが、すぐに目をそらした。まっすぐ紺右衛門を見つめる。紺右衛門が静かに見つめ返した。

「すでにお知らせしたが、金をくすねて逃げた奉公人がいるのです」

なんと、と琢ノ介は顔に出すことなく思った。今度は盗人か。

「奪われたのは二百両です」

琢ノ介は啞然とした。

すごい大金だ。いま自分の懐には二十一両あるが、およそそれの十倍である。途方もない額といってよい。

「この月末の支払いのために用意しておいたものです。それを取られてしまいました」

「久万兵衛さん。銀之助《ぎんのすけ》さんが取ったのはまちがいないのですか」

「まちがいありません」

久万兵衛が断定する。

「奉公人のなかで、いなくなったのは銀之助だけですから」

「取った証拠はおありでしょうか」

「証拠はありません。だが、あの男、以前から金がいる、貸してほしいと口癖のようにいっていました」

「銀之助さんが、ですか」

紺右衛門が意外そうにいう。

「そうですよ。所詮《しょせん》、渡りの包丁人など、そんなものでしょう。博打が大好きだったようですから」

「博打ですか」

「おや、菱田屋さん、ご存じなかったのですか。まあ、ご存じだったら、あんな男をうちに紹介するはずもないでしょうね」

嫌みをいって、久万兵衛が紺右衛門を見据える。

「すでに御番所にも届けを出しました。もうじきお役人が見えるでしょう。徹底して、銀之助とお金の行方を捜していただくつもりですよ」

久万兵衛が口を閉じる。紺右衛門が深いうなずきをみせた。

「御番所を呼ばれたのは、賢明でしたね。うちとしてもそのほうがすっきりとして、ありがたいことだ」

それを聞いて久万兵衛が薄く笑った。

「いかにも菱田屋さんらしいいい方ですな」

腕組みをして口をひん曲げる。

「事情をご存じないでしょうから平川さまに申しあげておきますが、銀之助というのは、台所を預かっていた包丁人ですよ。菱田屋さんの仲介でうちに入って、まだ半年足らずです」

「うむ、さようか」

琢ノ介は軽く顎を引いた。

「手前が腹立たしくてならないのは、銀之助は、はなから金が狙いで入ったのではないかということですよ」

「えっ、まことですか」

これは、番頭の剛吉がきいた。わずかに腰が浮き上がっている。

「まことですよ。他の奉公人に話を聞くなどして、いろいろとうちの内情を探っていたようですからね」

「内情をですか」

「いつが支払いで、どこに金が集められるというようなことを聞いていたそうです」

琢ノ介は黙っていられず、つい口を出した。

「それらのことをきかれて、奉公人はぺらぺらと教えたのか」

「まさか、教えませんよ。そんな直截《ちょくせつ》ないい方ではなく、もっとやんわりと遠回しにきいていたそうです」

「そうか」

琢ノ介は紺右衛門と剛吉に目を向けた。

「すまぬ、勝手に声を上げてしまって」

「いえ、よいのですよ」

紺右衛門が穏やかにいう。

そのとき琢ノ介は、表のほうで人のざわめく気配を感じ取った。どうやら町奉行所の者が来たようだ。

「おや、見えたようですね」

だいぶ遅れて久万兵衛が気づいた。

「事情を伝えてまいりますよ。菱田屋さん、ここにいてくださいますね」

「もちろんです」

紺右衛門がきっぱりと答えた。

「わしもついていってよいか」

琢ノ介は久万兵衛に申し出た。

「平川さまがですか。どうしてです」

「いや、なに、番所に知り合いがいるのでな。もし表にいるのがその者なら、話ができるなと思っただけだ」

「御番所に知り合いがいるのですか」

「うむ、おる」

「さようですか。手前はかまいません。どうぞ、おいでください」

琢ノ介は久万兵衛のあとについていった。

店先の土間にいるのは、町方同心が一人と中間、御用聞きがそれぞれ一人である。久万兵衛が同心に挨拶する。

ちがったか。この一件を富士太郎が担当するのではないかとの期待があったが、残念ながら、そこにいたのは別の同心である。顔は見知っているが、話をしたことは一度もない。考えてみれば、ここは富士太郎の縄張から外れている。仕方ないことだろう。

琢ノ介は紺右衛門たちの部屋に戻るためにきびすを返した。その様子を久万兵衛がじっと見ていることに気づいた。見返すと、さりげなく目をそむけた。

なんだ、今のは。琢ノ介は顔をしかめた。不愉快な感じがしてならない。

「いかがでした。お知り合いの方でしたか」

部屋に戻ると、剛吉がたずねてきた。期待を胸に宿しているようだ。調べる側が知り合いなら、心強いものがある。

「いや、残念ながらちがった」

「さようですか」

剛吉が落胆する。紺右衛門の表情に変わりはない。どっしりと落ち着いている。

ただし、部屋は沈黙の波で満たされた。

その波が動いたのは、また久万兵衛がやってきたからである。

先ほどと同じところに座り、ぎろりと目を光らせた。

「菱田屋さん」

厳しい声音で呼びかけてきた。

「まだ御番所の調べをまたねばなりませんが、菱田屋さんには請人《うけにん》としての責《せき》がありますす。これに異存はございませんね」

「ありません」

紺右衛門がはっきりと述べた。

「先ほども申しましたが、御番所には銀之助を捕らえ、二百両を取り返してもらうつもりでいます。しかし、もし銀之助が捕まらなかったときのことも考えねばなりません」

「わかっております」

紺右衛門が、覚悟はとうについているというようにいう。

「もしそうなったときは、手前が二百両を弁済いたします。請人として、身代を懸《か》けてでもお支払いいたします。その旨は証文にも書いてあります。手前は証文をたがえるような真似は決していたしません」

久万兵衛が体から力を抜く。両肩がすとんと落ちた。

「それをうかがって安心しましたよ」

ふと耳を澄ませる仕草をする。

「おや、お役人が呼んでいるようですね。ちょっと行ってきますよ」

久万兵衛が立ち上がり、出ていった。襖がぴしゃりと閉じられ、部屋には静寂のとばりが降りた。

琢ノ介は心中で首をひねった。妙だな、と感じている。包丁人とはいえ、これだけの大店に入れるとなれば、人柄は事前に徹底して見たはずだ。紺右衛門が見誤るだろうか。

　それに、と琢ノ介は思った。いくら内情を調べたからといって、ただの包丁人が二百両もの金を盗めるものなのか。ここはそんなに迂闊《うかつ》な店なのか。

　きっとそうなのだろう。だから世の中から、盗みという犯罪が絶えないのだ。

　だが、なにかおかしい。釈然としない。このまま二百両を紺右衛門に払わせてよいものなのか。

「菱田屋、二百両は用意できるのか」

　唇を引き結び、紺右衛門が厳しい顔をする。

「なんとかいたします」

「借金か」

「さようでございますね。前にもお話ししましたが、札差の知り合いもおります。二百両なら、貯えと合わせ、なんとか用意できるものと存じます」

「申し訳ありません。旦那さま」

　剛吉が畳に額をすりつける。

「なにを謝るのだ」

紺右衛門がそっと剛吉の背中に手を置く。

「さあ、顔を上げなさい。おまえはなにも悪いことはしていない」

「しかし、銀之助さんを旦那さまに推《お》したのは手前です。手前が推さなければ、このようなことにはなっておりません」

「それはちがうな、剛吉」

紺右衛門が優しく首を振る。

「おまえが推してきたのは事実だ。だが、銀之助さんの人柄を見、これなら大丈夫だと判断したのは、わしだ。わしが最後の判断を下したのだ。だから、悪いのはこの紺右衛門だ。おまえが気に病むことはない。すべてわしに任せておけばよい」

剛吉は顔を上げられない。熱いものが畳を濡らしてゆく。

「あまり大きな声ではいえぬが、わしの考えを聞いてもらえるか」

琢ノ介は紺右衛門にいった。

「はい、なんでしょう」

紺右衛門と剛吉が琢ノ介を見つめる。琢ノ介は二人に顔を近づけ、ささやくような声で話し出した。

「わしはな、銀之助という男のことは知らぬ。だが、石形屋に罪を着せられたのではないか。そんな気がしてならぬ」

「なにゆえですか」

紺右衛門が声を上げた。剛吉がごくりと喉を鳴らす。

「聡《さと》いおぬしがそのことに頭がまわらぬというのが、わしには少々不思議だ」

「平川さま、どうしてそのようなお考えを持たれたのですか」

わけか、と琢ノ介は顎を動かした。

「この石形屋は、活気の感じられる店ではない。なにしろ奉公人に生気が感じられぬ。おぬしの店とは大きなちがいだ。実のところ、傾きはじめているのではないか」

紺右衛門と剛吉が顔を見合わせる。

「そんな噂は聞いておらぬか」

「はい、聞いておりません」

「手前も聞いたことはありません」

紺右衛門が続ける。

「少しでも傾けば、耳ざとい知り合いが多いですからすぐにでも手前の耳に入ってくるはずですが」

「久万兵衛という主人だが、相場に手を出しているとか、博打に熱中しているとか、吉原の女のもとに入り浸っているだとか、そんな噂はないのか」

「聞いたことはありません。手前どもは奉公先のこともしっかりと調べますが、石形屋さんでそういう噂が出たことはありません」

「石形屋のことを最後に調べたのはいつだ」

紺右衛門が首をかしげ、剛吉を見た。剛吉が答える。

「三月《みつき》ばかり前のことです」

「それから事情が変わったのかもしれぬぞ」

琢ノ介は決めつけるようにいった。

「石形屋のことを調べることはできるか」

「もちろんです」

紺右衛門が大きくうなずいた。

「よし、ここはいったん外に出るか」

「そういたしましょう」

琢ノ介たちは店のほうに向かった。

「石形屋さん」

同心となにごとか話している久万兵衛に、紺右衛門が声をかけた。

「おっ、お帰りですか」

「はい、二百両の算段をしなければなりませんので、ここは一度引き上げさせていただきます」

「わかりました」

久万兵衛が、口をねじ曲げたような笑い顔になる。

「菱田屋さん、夜逃げなんかしないでくださいね」

「はい、それは安心してください」

「ああ、そうだ」

琢ノ介は声を上げ、久万兵衛を見つめた。

「銀之助の部屋を見せてもらえるか」

「いいですよ。こちらです」

琢ノ介たちは、同心にことわりを入れた久万兵衛のあとについていった。台所の横にある三畳間である。

「ここに銀之助はいたのか。荷物は」

「なにも。持っていたのは何本かの包丁と白の上《うわ》っ張《ぱ》りだけですよ」

「包丁も上っ張りもないな」

「持っていったんでしょう」

琢ノ介は、そうかもしれぬな、といった。

「二百両もの大金が置いてあったという部屋を見せてもらえるか」

「かまいませんよ。しかし平川さま、あなたさまは本当に口入れ稼業の見習いですか」

「そうだが、見えぬか」

「いえ、そんなこともないのですが」

久万兵衛が案内する。角を二度曲がった突き当たりの部屋だ。六畳間で少し薄暗い。

「この部屋に二百両が置いてあったのか」

「さようです。この小箪笥のなかです」

幅は一尺、高さは二尺ほどの小さな箪笥である。部屋の隅にちょこんと置いてある。

「これに小判で置いてあったのか」

「二十五両の包み金です。いちばん上の引出しですよ」

「この引出しに鍵はかかるのか」

「もちろんです。しかし、力任せに引き出されたようで、壊れています」

「触ってもよいか」

「どうぞ」

琢ノ介は引出しに触れた。確かに壊れている。

「こんなにたやすく壊されるところに、大事な金を入れておいたのか」

「まさか盗まれるとは思いもしなかったものですから」

「だが盗みごとのない世の中など、きいたことはないぞ」

久万兵衛がうなだれる。

「まさか自分のところがやられるとは思いもしませんでしたよ。まったく油断いたしましたよ」

これ以上、聞きたいこともなく、琢ノ介たちは石形屋をあとにした。歩き出してすぐに琢ノ介は紺右衛門に告げた。

「わしは狂言《きょうげん》だと思うな」

「狂言ですって」

紺右衛門が驚いて聞き返したが、即座に沈思《ちんし》する。

「銀之助さんが企てに加わっているということですか」

「いや、そうではない」

琢ノ介は否定した。

「先ほどもいったが、石形屋に罪を着せられただけだろう。わしはおぬしたちの目を信ずる。銀之助は犯行には無関係だろう。ところで、銀之助の出自は」

「相州《そうしゅう》小田原《おだわら》です」

剛吉が答えた。

「石形屋に雇われる前はどこにいた」

「名店といわれる『上木《うえき》』の包丁人でございました」

上木なら、琢ノ介も評判を耳にしたことがある。なんでもうまいらしいが、特に貝料理では江戸でも屈指といわれている。

「上木をやめたわけは」

「主人とそりが合わなかったからときいております」

琢ノ介は剛吉を見つめた。むろん、あたりに剣呑な気配が漂っていないか確かめることも忘れない。

「銀之助が菱田屋に来たときのことを話してくれるか」

はい、といって剛吉が唇を湿らせた。

「風に吹かれるようにふらりと入ってきたのを覚えています。ちょうど手前が近くにおりまして、お仕事をお探しですか、ときいたのです」

「それで」

「銀之助さんに、料理人を求めているところがないかときかれました。手前は銀之助さんと少し話をして、まっすぐな感じの人だなあという思いを抱きました。いかにも曲がったことがきらいという様子でした」

「続けてくれ」

「手前が、包丁人でよろしいのですか、とききますと、そうだ、と銀之助さんは答えられました。以前はどちらにおつとめですか、とききましたら、苦笑めいたものを浮かべて、上木だよ、とおっしゃいました。手前は驚きました。若い主人と合わなかったんだと手前がきくよりも前におっしゃいました。あとで銀之助さんに教えてもらったのですが、上木の若い主人は、安くて少し質の劣る食材に替えようとしたらしいのです」

「それはいかんな」

「銀之助さんはこうおっしゃっていました。味のわからない客は気づかないだろうが、舌の肥《こ》えた客には必ずわかる。そんなことをしたら、必ず客足に影響が出る。俺は必死に訴えたが、認めてもらえなかった。質の悪さは腕で埋めるんだといわれたそうです。それでもう上木をやめるしかないと決心したらしいのです」

「人柄はよくわかった。どうして石形屋に奉公先が決まったのだ。上木で包丁人をしていたなら、有名な料理屋や料亭から引く手あまただっただろう」

「ええ、銀之助さんほどの包丁人なら、どこでも望むところへ行けたでしょう。しかし、銀之助さんが目にとめられたのは味噌醬油問屋の石形屋でした」

「つまり銀之助は自ら望んで石形屋に入ったのだな。どうして商家を選んだ」

「こういっていました。腰かけかもしれないが、ちょっとのあいだの息抜きにはちょうどいいかもしれない、と」

「それで石形屋に紹介したのか」

「さようです。石形屋さんも、上木で包丁を振るっていた人なら申し分ありません、と大喜びされて、銀之助さんを雇い入れられたのです。それがまさかこんなことになるなんて」

信じられません、と剛吉が嘆息する。

琢ノ介の見込み通りだった。

ほんの半日程度の調べで、はっきりした。

石形屋は明らかに傾きかけていた。一年ばかり前、久万兵衛の弟の猪之助《いのすけ》が営む油問屋の商売がふるわなくなり、久万兵衛が援助しているうちに石形屋自体もおかしくなったことが知れた。久万兵衛は入り婿《むこ》で、必死に踏みとどまろうとしているうちに、悪い方向に転がっていったようだ。

「かなりひどいようです」

琢ノ介の部屋にやってきた紺右衛門が声をひそめていう。

「今の困窮ぶりならば明日、明後日、潰れてもおかしくないでしょう」

「二百両があれば、持ち直せるのか」

「今の惨状ではどうかと思いますが、最後の最後までじたばたするのは商人の性《さが》かもしれません」

紺右衛門が暗い顔になる。

「銀之助さんは、いったいどうなったのでしょう」

琢ノ介にはわかっている。銀之助は無慈悲に殺され、石形屋の敷地のどこかに埋められたのではないか。

「あまりいいたくはないが」

琢ノ介は思っていることを告げた。

紺右衛門が暗澹《あんたん》とする。

「まさか」

顔を上げ、琢ノ介を見る。

「銀之助さんが埋められているとして、いったいどこに」

琢ノ介は石形屋の敷地を脳裏に描き出した。

「あそこはえらく広かったな」

「はい、さようです。苦しいのであれば、人殺しなどせず、あれだけの土地の一部でも売れば、金などいくらでも入るはずです」

「強欲な者は、切り売りしたくないものなのだろうよ」

ふう、と紺右衛門が息をつく。

「手前には人を殺してまで金を得る、という気持ちがまったく解《げ》せません」

「わしもだ」

琢ノ介は腕組みをした。

「銀之助の遺骸が出れば、石形屋の犯行の証になる。もはやいい逃れはできぬ。だからといって、さすがに敷地すべてを掘り返すわけにはいかんだろう。あれだけの広さだ、ときと人手がかかりすぎる。遺骸が出ぬということはまずないだろうが、もし万が一、出ぬというようなことになれば、逃げ切られかねぬ。ここは万全を期したい」

琢ノ介は考え込んだ。

「敷地のどこに埋められているか、それがわかればよろしいのですね」

「菱田屋、なにか知恵があるか」

紺右衛門が唇を引き結ぶ。

「今のところはなにも」

ひらめくものがあり、琢ノ介は目を上げた。

「菱田屋、こんなのはどうかな。おぬしの力添えがなければ、話にならぬが」

紺右衛門の耳にそっとささやきかけた。

二

揺さぶられた。

「ねえ、あんた」

うーん、とうなって久万兵衛は目をあけた。暗闇のなか、人の顔が浮いている。

「うわっ」

布団から跳び起き、後ずさる。

「なに、私の顔を見て驚いてるのよ」

久万兵衛はまじまじと見つめた。

「な、なんだ、おまえか」

目の前にいるのは女房だ。久万兵衛は首筋に汗をかいている。手の甲でぬぐった。

「おゆみ、どうした」

「どうしたもこうしたもあるもんか」

おゆみが抗議するようにいう。

久万兵衛は眉根を寄せた。

「また聞こえたのか」

「ええ、そうよ」

おゆみが怖《お》じ気《け》を震《ふる》う。

「どこだ」

「知らないわよ」

「やっぱりあそこか」

「そうかもしれないけど、確かめようって気にはならないわよ」

「それはわしも同じだ」

ひっ、とおゆみが喉を鳴らす。

「ほら、また聞こえた」

「わしには聞こえなかったぞ」

「聞こえたわ。出してくれっていってる」

おゆみが耳をふさぐ。

「あんた、なんとかしてよ。あの声よ。黙らせてよ」

「どうやって」

「考えてよ。あんた、主人でしょ」

「そうはいってもな」

久万兵衛は庭のほうへ目を投げた。そのとき、出してくれ、とうらめしげな声が確かに耳に届いた。

「ほら、聞こえたでしょ」

「あ、ああ」

いかにも苦しげな声だ。最初は空耳《そらみみ》だろうと思った。一応念のため、声のするあたりを調べてみたが、人影などなかった。

また、声がした。おかしい。まさか銀之助が生きて地中から叫んでいるのか。そんなはずはない。確かに刺し殺したのだ。血まみれになって息絶えた。どうして死なねばならないのか、銀之助は最後までわからなかっただろう。

「頼む、出してくれ」

今度ははっきりと聞こえた。久万兵衛は搔巻《かいまき》を頭からかぶった。

「まちがいないわ。銀之助よ。きっと成仏《じょうぶつ》できないんだよ」

くぐもっているのは、地中から叫んでいるからか。

「あたし、もう耐えられないよ」

「わしもだ」

もう三日続いているのだ。播巻を壁に叩きつけた。

「くそっ、埋め直してやる。もっと深いところに埋めてやる」

久万兵衛は着替えた。

「一人で待ってられないよ。あたしも行くわ」

二人は寝所を出た。廊下を行き、座敷に出た。濡縁から沓脱《くつぬぎ》に置かれた草履を履き、庭に降りた。冷たい風が吹き渡り、梢を騒がせている。

だが、久万兵衛はほとんど寒さを感じていない。おゆみも同様だろう。

物置に向かい、鋤《すき》を取り出した。広大な敷地には畑がいくつもあり、この手の農具には事欠かない。

二人は吹き渡る風に刃向かうかのように、急ぎ足で歩いた。

「ここだったな」

庭のかなり奥で、木々が鬱蒼としている。近くで梟《ふくろう》がもの悲しげな声を発している。

「ええ、ここよ」

おゆみが恐ろしげに見る。唇が震えているのは、寒さのせいではないだろう。

椚《くぬぎ》の大木の根元である。

久万兵衛は鋤を構えた。銀之助を埋めたところに突き立てようとする。

「駄目だ。できん」

「あんた、しっかりしてよ」

「だったら、おまえがやれ」

「あたしにできるわけないじゃない」

「わしにもできんことはある」

久万兵衛は椚にもたれかかった。それから体に力を入れ直した。両手を合わせる。

「銀之助さん、済まなかった。殺したくなかったんだが、仕方なかった。出してあげられないけれど、お願いだから成仏しておくれ。殺したりして申し訳なかった。許しておくれ。お願いだ」

気づくと、おゆみも合掌《がっしょう》していた。

「酒を持ってくる」

久万兵衛は歩き出した。

「待ってよ、あたしを一人にしないでよ」

おゆみがついてきた。

台所で一升徳利《いっしょうどっくり》を見つけ、椚の大木のそばに戻ってきた。

「成仏しておくれ」

久万兵衛は酒をまいた。次いで、おゆみも同じことをした。

「済まなかったよ、許しておくれね」

これで声が聞こえなくなったらどんなにいいだろうか。

二人は期待を胸に抱きつつ部屋に戻った。

さっそく布団に横たわり、目を閉じた。

しばらくじっと待ったが、なにも聞こえてこない。

「よかった。お酒が効いたみたいね」

おゆみがささやきかけてくる。

「うむ、そのようだ」

久万兵衛は久しぶりにぐっすり眠れるのではないかと思った。よかった。これで、あとは菱田屋から二百両入れば、当座の危機はしのげるはずだ。

久万兵衛は深い息をついた。眠りの海に引き込まれつつあるのを感じている。

あわただしい音が聞こえた。

「旦那さま」

番頭の声だ。久万兵衛は布団の上に起き上がった。ぐっすりと眠ったようで、目覚めがいい。すでに明るくなっている。六つを四半刻ばかり過ぎているのではなかろうか。

「どうしたね」

立ち上がり、襖をあけた。おゆみも起き上がり、襟元《えりもと》を直している。

「御番所の人たちがやってきました」

「なにをしに」

「銀之助の手がかりでも見つけたんじゃないの」

うしろからおゆみがいう。

「そうなのかい」

久万兵衛は番頭にきいた。

「いえ、ちがうようです。庭を掘りたいとおっしゃっています」

血の気が引いた。あわてて着替えを済ませ、町奉行所の者と会った。

「どういうことです」

「庭を掘らせてもらう」

同心がいい放った。

「なぜです」

「銀之助が埋められているという知らせがあった」

「なんですって」

唇がわなわなと震える。

「誰の知らせです」

「いえぬ」

いわゆるたれ込みというやつだろう。だが、いったい誰が。

「庭を掘らせてもらうぞ」

「はい」

これだけ広い庭だ。見つかるはずがない、と久万兵衛は思い直した。

「こっちだ」

同心が手の者を率いて、例の椚の大木のほうへとまっすぐ進んでゆく。

そんな馬鹿な。久万兵衛は横に立ったおゆみを見つめた。おゆみの顔は蒼白になっている。自分も似たようなものだろうな、と久万兵衛は膝の震えを感じつつ思った。


「出たそうですよ」

笑みを満面に刻んで紺右衛門が、部屋にやってきた。

「やはり」

「ええ、平川さまがにらまれた通りだったそうです。検死医師によれば、銀之助さんは刺し殺されていたそうです。凶器は、石形屋さん、いや、久万兵衛の話では、銀之助さんの大事にしていた包丁だったそうです。なんでも夫婦で殺害したそうです」

「女房も一緒にお縄になったのか」

「久万兵衛はもともと入り婿です。家つき娘の女房にそそのかされたのかもしれません」

「そういうことか」

琢ノ介は小さく首を振った。

「久万兵衛は獄門だろうな」

「まちがいないでしょう」

「女房は遠島かな」

「そうかもしれません。女は罪一等を減じられる場合が多いですからね」

紺右衛門がふう、と大きく息を吐いた。それを見て、琢ノ介は笑みを浮かべた。

「とにかくうまくいってよかった」

「まったくですよ」

「菱田屋、おぬし、誰を使った」

紺右衛門が顎を一つなでてから、口をひらいた。

「申し訳ありませんが、手前の使った者の名は秘密です。本人からかたくいわれているので、約束を破るわけにはいきません」

「駄目か。まあ、いい。続けてくれ」

紺右衛門がにこりとし、話し出した。

「手前どもは手広く商売しておりますので、いろいろな人を知っています。なかには、口真似、物真似の得意な元盗人もいます」

「まさか、このあいだ会った小柄な男か。あの男は元盗人なのか。いま思えば身ごなしが軽そうだったな」

「その通りでございます。銀之助さんの声は、その元盗人に剛吉が教えました。もともと声はさほど似ていなくてもかまわないと思っておりました。なにしろ土の下から聞こえてくるのですから、少々苦しげな声なら、まあ似ていなくてもいいと」

琢ノ介は頭のなかで日を数えた。

「三日目の晩に、久万兵衛は我慢できず、銀之助を埋めた場所に行ったのだな」

「そういうことになります。ありがとうございました」

紺右衛門に礼をいわれた。

「とにかく、わしの策が役に立ってよかった。ほっとしたよ」

「すばらしいお知恵でした」

紺右衛門が顔をほころばせ、ほめたたえる。

「平川さま、お礼をいたしますよ」

琢ノ介は顔の前で手を振った。

「いらぬ。わしは当然のことをしたまでだ」

「それでも、受け取っていただかねばなりません」

「いらんというに」

「手前は平川さまのおかげで、二百両を失わずに済みました。つまり二百両の得をしたわけです。きっちりとお礼はさせていただきますよ」

一瞬、米田屋の地所のことが琢ノ介の頭に浮かんだが、いくらなんでも、それはねだりすぎだろう。

「十両を差し上げます。二百両の五分ということです」

「そ、そんなにくれるのか」

情けないことに、声が裏返った。

「まことでございます」

紺右衛門が懐から巾着を取り出した。

「支度金の五両は一朱金でご用意いたしましたが、これは二朱金にて八十枚ございます。お受け取りください」

琢ノ介は紺右衛門に押し切られる形で、十両もの金を得た。これで琢ノ介の手元には、都合三十一両の大金がうなることとなった。

顔はしかめていたものの、実際は小躍りしたくなるほどうれしかった。

三

書物を繰《く》る音がかすかに響く。

直之進は隣室で刀を抱いて横になっている。

雄哲は、朝からどこにも出かけず、医術の書物を読んでいる。この熱心さには頭が下がる。人に抜きん出ている者は、やはりちがう。人知れず努力を重ねている。

軽い足音が響き、旦那さま、と呼ぶ声がした。女中のおきんである。

「どうした」

「お客さまです」

「どなただ」

「樺山さまですよ」

「富士太郎どのが」

「中間のお年寄りも一緒ですよ」

「ああ、珠吉だな」

「こちらにお通ししますか」

「いや、座敷に頼む」

「承知いたしました。湯瀬さまもお呼びになりますか」

「そうだな。——湯瀬どの」

襖の向こうから雄哲が呼びかけてきた。

「座敷に来てくれ」

「承知した」

直之進は答え、立ち上がった。刀を手に座敷に向かう。

雄哲とほぼ同時に座敷に入った。同じ方向を向いて座る。

「なに用だと思う」

雄哲がきいてきた。

「それがしの用ではないかな。雄哲先生の件でもあるが」

雄哲がすぐさま覚る。

「わしを付け狙っている者の手がかりを持ってきてくれたのか」

「うむ、そうではないかな。あとは、先日の礼だな」

「ああ、智代どのか。きれいな娘よな。母御から富士太郎どのの許嫁と聞いて、ちとうらやましかった」

「おぬしも女房をもらえばよい。いくらでも来手《きて》はあろう」

「いやいや」

「選《え》り好《ごの》みが過ぎるのではないか」

「わしをいくつだと思っている。そんな歳ではないぞ」

いつしかこんなことまでいい合える仲になっていることに、直之進は少なからず驚いた。

「樺山さまをお連れしました」

おきんの声がし、襖があいた。

「失礼します」

富士太郎と珠吉が連れ立って入ってきた。

「よく来たな」

雄哲はうれしそうだ。

「先日のお礼にうかがいました」

「智代どのか。具合はどうだ」

「おかげさまで熱は下がり、もうすぐ床が上がりそうです」

「それは重畳」

雄哲が顔をほころばせる。

「あと、直之進さんにもお伝えしたいことがあります」

「手がかりか」

「それはのちほど。まずは平川さんのことです」

「琢ノ介か。あやつ、なにかしでかしたのか」

直之進は雄哲に琢ノ介との仲を話す。

「平川とは琢ノ介といい、それがしの友垣だ。富士太郎さんとは口喧嘩相手でな。しょっちゅう、悪口をいい合っている」

直之進は富士太郎に目をやり、先をうながした。

「それで、琢ノ介はなにをしでかした」

「しでかしたわけじゃありません。あの口の悪い男にしては珍しく、なかなかいいことをしたのですよ」

富士太郎が、石形屋という味噌醬油問屋で起きた事件の顚末《てんまつ》を述べる。

「ほう、そんなことがあったのか。お手柄だったな。いかにも琢ノ介らしいではないか。あの男は存外に頭のめぐりがよいからな。目端《めはし》も利《き》くし」

「それがしもそう思います」

富士太郎がきっぱりといい切った。珠吉も横でうなずいている。

「直之進さん、本題に入ります」

富士太郎にいわれ、直之進は気を引き締めた。雄哲も真剣な目を富士太郎に当てている。

「左目の下に泣きぼくろのある侍についてですが、殺し屋かどうかははっきりしませんが、それらしき侍がそれがしの縄張にいるのです。腕も立ちます」

「まことか」

直之進は身を乗り出した。

「縄張といったが、どこにいる」

これは雄哲がきいた。

「秋葉《あきば》道場という町道場の師範代です。それがしと珠吉は、秋葉道場をのぞいてきました。師範代は直之進さんから聞いた人相にぴったりで、背丈も合っています。名は清武喜兵衛《きよたけきへえ》といいます」

富士太郎は懐から一枚の紙を取り出した。

「これが清武喜兵衛の人相書です。道場をのぞいた直後に描きました」

手渡されて、直之進は目を落とした。じっくりと見る。

「ふむ、目はそっくりだ」

すぐに道場に行ってみようと思った。

「わしにも見せてくれ」

直之進は雄哲に人相書を渡した。

「うーむ」

雄哲がうなる。

「心当たりがあるのですか」

「あるようなないような」

「さようですか、役に立てばよいのですが」

「必ず役立つさ」

直之進は断言した。富士太郎がにっこりとする。

「雄哲先生、直之進さん。では、それがしどもはこれにて失礼いたします。まだ町廻りを終えていないものですから」

「回り道をしてくれたのだな。かたじけない」

富士太郎と珠吉を見送ったあと、直之進と雄哲は座敷に戻ってきた。

「心当たりがあるのではないか」

直之進は雄哲に人相書を見せていった。

「うむ、あるようなないようなというのは嘘ではない。似ている人物を知っているが、歳が合わぬのだ」

雄哲が人相書を見つめてつぶやく。

「誰に似ている」

「仕事が仕事だけに、わしはお殿さまに口利きを頼まれることがある。金をもらって、実際にお殿さまに言上することもある」

「おぬし、そのようなこともしているのか」

「ほかの者に比べたら、わしは少ないほうだ。まあ、いいわけだがな」

雄哲が口元を引き締める。

「この人相書の男は、そのうちの一人に似ている。名は、確か今市山蔵《いまいちさんぞう》といったな」

町道場の師範代は清武喜兵衛だ。両者は似ても似つかない名である。清武喜兵衛というのが偽名ということも考えられる。

「今市山蔵というのは、何者だ」

「水野家の家臣だ」

当たり前だろうといいたげだ。

「そんなことはわかっている。どういうお役に就いていたのかきいたのだ」

「確か使番《つかいばん》だ」

戦国の昔は、機転や目端が利く者が選ばれる職務である。今はもちろん世襲だ。

「口利きといっても、今市山蔵の場合、昇進の願いや猟官《りょうかん》ではなく、なんとか使番を罷免《ひめん》させられないように、との願いだった。山蔵は仕事でへまをやらかしたのだ」

「どんなへまだ」

「とある旗本家に文を持っていくようにお殿さまに命じられたのだが、行き先をまちがえて手渡してしまったのだ。旗本というのは、似たような名がたくさんあるから、同情すべき余地はあったのだが、その件でお殿さまは、今市山蔵を切腹させろ、と激怒されたのだ。そこをわしはなんとか頼み込み、命だけは助けることができた。だが、今市山蔵は水野家を追放されてしまったのだ。わしがそのことを告げる前に、山蔵は一家で江戸屋敷を去っていたのだがな」

雄哲が腕組みをする。

「だが、今市山蔵はこの人相書よりずっと歳がいっている。泣きぼくろもない」

「せがれではないのか」

雄哲が考え込む。

「うむ、そういえば一人いたな。あの当時はまだ小さかったが。わしを狙っているのは山蔵のせがれか。姓は異なるが、養子に入ればそんなものは変わるしな。そうか、今市山蔵のせがれがわしを狙っているのか」

「うむ、父の仇として付け狙っているのかもしれぬな」

「山蔵はすでに死んでいてもおかしくない歳だしな」

「そうにちがいあるまい。父親から無念の思いを聞かされていたのだろう。ところで、その今市どのが追放になったのはいつのことだ」

「かれこれ十年はたつのではないか」

そんなに前なのか、と直之進は思った。今頃になって仇を討とうというのは、今市山蔵が相当のうらみを抱いて死んでいったことになる。

さっそく、直之進は雄哲とともに秋葉道場に出向いた。町人たちが見物している連子窓《れんじまど》からのぞいたところ、道場は盛況で、大勢の者が竹刀を振るっている。

門人は町人が多いようだ。気合がほとばしり、床板が大きな音を立て、竹刀が激しくぶつかり合う。直之進はよい道場だと感じ入った。

「いるか」

雄哲がきいてくる。

「師範代らしい者は確かにいる。だが、門人と一緒に稽古をしている。面を着けているゆえ、顔はわからぬ」

「どれが師範代だ」

「腕からして、あれだろう」

直之進は、右端で一人の小柄な門人を相手にしている者を指さした。相手はまだ少年かもしれない。

「ふむ、あれか」

雄哲がじっと見ている。

「雄哲先生、行ってみるか。このままでは埒があかぬゆえ」

「行ってみるって、道場に入るのか」

「そうだ。じかに師範代に問いただしたほうが早かろう。誤解を解くこともできるかもしれぬ」

「誤解か。確かに誤解からわしは狙われていることになるな」

今さらながら、雄哲はそのことに思いが至ったようだ。

「行くのはよいが、いきなり襲われはせぬか」

直之進は苦笑した。

「今なら竹刀しか持っておらぬ。それに俺がついているではないか」

「そうだったな。よし、行こう」

雄哲が腹を決めた。直之進は雄哲を連れ、道場内に足を踏み入れた。

最初、師範代は門人に稽古をつけることに夢中で、雄哲に気づかなかった。

だが、すぐに面のなかの目が大きくみはられたのを、直之進ははっきりと見た。師範代はどうするか迷ったようで、一瞬逃げだそうとしかけたが、なんとか踏みとどまった。

今は、近づいてくる直之進たちをまっすぐ見ている。師範代が相手をしていた門人が不思議そうな面持ちで、竹刀をだらりと下げた。

「落ち着いて話ができるところはないか」

直之進は師範代に告げた。

「誤解を解きたい」

「誤解だと」

「そうだ」

「よかろう」

面を取った師範代は門人に目を向けた。確かに泣きぼくろがある。

「少し待っていてくれるか。すぐに戻ってくるゆえ」

「はい」

答えた声は幼かった。

直之進と雄哲、師範代の三人は、納戸《なんど》に入った。汗臭さが充満している。これこそが道場のにおいだと、直之進は懐かしい思いがした。雄哲は顔をしかめている。

「突っ立っていてもしようがない。座ろうではないか」

直之進は雄哲と師範代にいった。三人は床板にあぐらをかいた。

直之進は刀を右側に置いた。

「こちらの方は存じておろうが、俺は湯瀬直之進という。おぬしは、清武喜兵衛どのだな」

「ああ、そうだ」

名まで知られているのか、との思いが喜兵衛の顔にあらわれた。

「どうしてここがわかった」

「認めるのだな」

雄哲が声を荒らげた。

「わしを襲ったと」

「まあ、ちょっと待て。落ち着いて話ができる場所を望んだのは俺たちのほうだ」

むっ、と雄哲が黙り込む。直之進はあらためて喜兵衛に告げた。

「町方に調べてもらったのだ」

「町方に知り合いがいるのか」

「うむ、雄哲先生も俺も親しくしてもらっている」

「そうか。だがいったいどうやって、ここにたどりついた」

「おぬしの泣きぼくろだ。襲ってきたとき、覆面からちらりと見えたのだ」

喜兵衛が左目の下に手をやる。

「これがあのとき見えたというのか」

「そうだ。はっきりとな」

「おぬし、何者だ。湯瀬直之進どのといったが」

「ただの用心棒だ」

あきらめたように喜兵衛が目を閉じる。

「誤解を解きたいといったな」

目をあけてきいた。

「その通りだ」

直之進はわずかに身を乗り出した。

「聞いてもらえるか」

「聞くだけなら」

「その前によいか」

直之進には一つ確かめたいことがある。

「おぬしの御父上は今市山蔵どのでまちがいないのだな」

「まちがいない。清武というのは母方の姓だ」

そういうことだったか、と納得した直之進は雄哲に目を当てた。雄哲がふかくうなずき、軽く咳払いをした。ゆっくりと話し出す。

「わしはおぬしの父御である今市山蔵どのからある依頼を受けた」

雄哲は言葉を飾ることなく、すべてを正直に話した。喜兵衛は一言も挟むことなく、じっくりと耳を傾けている。

「わしの話は以上だ」

がくりと喜兵衛の両肩が落ちた。

「そういうことだったのか」

喜兵衛の目から涙がとめどなく落ち、床板を濡らす。

「父上は誤解したまま逝かれたのか」

喜兵衛が天井を仰いだ。

「わしが今市どのに話すことができればよかったのだが、ご一家の行方が知れぬ」

喜兵衛が両手をついた。雄哲を見る。

「申し訳ありませんでした」

「顔を上げてくだされ。わしのほうこそ許していただけるかな」

「許すも許さぬもありませぬ。雄哲先生はなにもなされていない。いや、父の命の恩人なのに、父上は逆うらみを抱いてしまった。主家を追放になったあと、運悪く足の骨を折ってしまい、自分の力ではうらみを晴らせなくなりました。それでそれがしに、自分が死んだら必ず雄哲先生を亡き者にするよう常に口にしていました。父の死後、それがしはその言葉を忠実に守ろうとしたのです」

「では、今市どのが亡くなったのは、最近のことなのか」

「はい、つい三月《みつき》ばかり前です。それがしは父の言葉を守るべきなのか、正直、迷いましたが、うらみを晴らさなければ、父も成仏できぬだろうと決断しました」

大きく息をついて喜兵衛が再び天井を見上げた。

「雄哲どのを斬らず、本当によかった」

はっとする。

「供の方は大丈夫でしょうか」

怪我をさせた助手のことをたずねてきた。雄哲が顎を引く。

「大丈夫だ。命に別状はない。じきに今まで通り暮らせるようになるだろう」

それを耳にして喜兵衛が安堵の息を漏らす。

「よかった。本当によかった」

関係のない者を傷つけたことを後悔していたのだ。顔を上げ、喜兵衛が直之進たちを見つめてきた。声をしぼり出す。

「それがしは、自分の行ったことに対する責めを負わねばなりませぬ」

「いや、わしらは御番所に訴えようという気などない。安心してくれ」

喜兵衛が目を落とす。

もしかするとと直之進は思った。この男は切腹するかもしれない。なんとかして止めなければならない。

そのことに思いが至ったようで、雄哲がいいかけた。

それを直之進はすぐさま制した。その言葉を聞いたら、喜兵衛は本当に切腹するしかない。侍とはそういうものだ。

ここは黙って引き上げるしかない。門人たちを残し、しかも先ほど稽古をつけていた男の子を残し、喜兵衛が自裁することはないのではないか。淡い期待かもしれないが、直之進は喜兵衛が生きてくれることを願った。

「よし、もう話は終わりだ。喜兵衛どの、雄哲どのにはもはや、なんのわだかまりもない。すべては済んだことだ。あの男の子も喜兵衛どのを待っているだろう」

直之進がいうと、喜兵衛がかすかに笑った。その笑顔を見て、直之進は救われたような気分になった。こういう笑顔ができるのなら、死ぬようなことはないのではないか。

「どうして笑う」

「実は、あの子は男の子ではない。女の子なのですよ」

「えっ、そうだったのか」

意表を突かれ、直之進は自らの不明を恥じた。

「湯瀬どのもまだまだだな」

雄哲がうれしそうにいった。

「まったくだ」

雄哲が喜兵衛に笑顔を向ける。喜兵衛もそれに応えるかのように笑った。

直之進と雄哲は秋葉道場をあとにした。振り返ると、喜兵衛が見送っているのが見えた。死を決意した者は影が薄いというが、直之進の目にはそんなふうには見えなかった。きっと大丈夫だ、と信じた。

雄哲はあからさまにほっとしている。

「これで二度と襲われることはないのだな。戦場から戻り、重い鎧を脱ぎ捨てた気分だ」

直之進はくすりと笑いを漏らした。

「なにがおかしい」

「雄哲先生は、鎧など着たことなかろう」

「うむ、それはそうだな。今のは物のたとえというやつよ」

雄哲が愉快そうに笑った。明るい声が青空に吸い込まれてゆく。

四

荒い足音が聞こえた。

琢ノ介は、はっとした。今うたた寝をしていなかったか。用心棒がこのざまでどうする。

足音は琢ノ介の部屋の前で止まった。またなにか起きたのだろうか。胸騒ぎがする。

「平川さま」

剛吉の声だ。

「どうした」

琢ノ介は立って襖をあけた。

「旦那さまがお出かけです」

「またなにかあったのか」

「はい」

それにしても、と琢ノ介は思った。次から次へとよくあるものだ。

「今度はなんだ」

「今はお話ししている暇はありません。旦那さまの警護をお願いいたします」

琢ノ介は両刀を腰に帯びると、廊下を足早に歩いた。うしろから剛吉がついてくる。

店の土間に紺右衛門が立っていた。

「待たせたかな」

「いえ、そんなことはありません。では平川さま、まいりましょう」

まず、外に紺右衛門を狙っているような者がいないかを確かめる。これはどんなときでも忘れることはできない。よかろう、といって外に出ると、紺右衛門が続いた。

「どこへ行く」

「深川《ふかがわ》です」

「けっこうあるな。半刻以上かかるのではないか。駕籠は使わずともよいのか」

「半刻くらいでしたら、歩いたほうが気持ちいいですよ。いろいろと楽しい考えも浮かんできますし」

「そういうものか」

東へ足を向けた。今日も天気がよく、朝日がまっすぐ射し込んできている。乾いた路面に光がはね返り、まぶしくてならない。刺客にこの陽射しを使われたら厄介だ。太陽をできるだけ見ないようにしつつ、琢ノ介は歩を進めた。つと振り返り、紺右衛門を見た。

「いったいなにがあった」

こんな朝っぱらから、という言葉はのみ込んだ。

「片田屋《かただや》という妓楼があるのですが、そこから女郎が逃げ出したのですよ」

もちろん、その女郎は菱田屋が介して入れたということなのだろう。

「口入屋が、逃げた女郎の責任まで負わされるのか」

紺右衛門が深くうなずく。

「手前どもも娘を大事に扱ってもらうために、妓楼にはいろいろと注文をつけますのでね。仕方ないでしょう」

「その女郎の名は」

「おりえといいます」

「いっときは店の寮にいたのだな」

「さようです。自分から望んで女郎になった口ですよ」

「家を救うためか。郷里はどこだ」

「出羽《でわ》ですよ」

出羽と一口にいっても、相当広い。だが、今は出自を聞いている場合ではなさそうだ。

　琢ノ介と紺右衛門はひたすら足を急がせた。

「あそこですよ」

　足を止め、紺右衛門が指さす。ここが深川のどこか、あまり来たことのない琢ノ介にはわからないが、半町先にある片田屋が大きな妓楼であるのはわかった。二階建ての、どこか城を思わせるようなどっしりとした建物だ。あれで部屋はいったいいくつあるのだろう。

　すぐに片田屋を訪ねるのかと思ったが、紺右衛門は立ち止まったままだ。どうした、ときこうとしたが、琢ノ介は思い直した。紺右衛門にはなにか考えがあって、こうしているのだ。口を出すことはない。

紺右衛門がすっと路地に身を入れた。矢立《やたて》を取りだし、文をしたためた。

「もし」

そばを通りかかった小間物売りを呼び止めた。このあたりは女郎屋が多いため、女郎を相手にしている小間物売りが目についた。

「なんですか」

「一分を差し上げます。この文をあの片田屋さんで下足番をつとめている寛一《かんいち》さんという人に渡してほしいのです。この文はじかに寛一さんに渡してください。誰に託されたかきかれても、他の人には決して口にしないでください。それができれば、一分を差し上げます。使いやすいように一朱銀で四枚です。いかがですか」

小間物売りは顔を輝かせた。

「本当にこの文をその寛一さんという人に渡せば、一分もらえるんですね」

「ええ、そうですよ」

「引き受けます」

力強くいったものの、小間物売りがわずかに眉をひそめた。

「まさか、これでお縄になるようなことはないでしょうね」

紺右衛門がにこやかに笑った。いかにも人を安心させる笑顔だ。

「その心配はいりませんよ。手前は悪いことなどしていませんから。曲がったことは大嫌いです」

「わかりました」

小間物売りは文を受け取り、片田屋に向かった。地面につきそうな長い暖簾を払い、姿を消した。

「寛一というのは何者だ」

「手前の知り合いですよ」

「片田屋に知り合いがいるのか」

「ええ、まあ。——戻ってきましたよ」

小間物売りが路地に入ってきた。ほっとした顔をしている。

「確かに渡してきましたよ」

声が弾んでいる。

「では、これをどうぞ」

紺右衛門が小ぶりの巾着袋を渡した。

「なかを確かめてもいいですか」

「もちろん」

小間物売りが巾着を逆さまにし、中身を手のひらに出した。四枚の一朱銀を数える。顔をほころばせた。

「確かに」

巾着袋を大事そうに懐にしまう。これで一分なら、と琢ノ介は思った。自分がやりたいくらいだ。

一分を手にした小間物売りはほくほく顔で去ってゆく。

さして待つほどもなく小柄な男が片田屋から出てくるのが見えた。近くまで来たところを紺右衛門が手招く。男がちらりとうしろを気にしつつ、路地に身を滑り込ませた。

「菱田屋さん、久しぶりですね」

歳は四十半ばといったところか。なかなか精悍《せいかん》そうな顔つきをしている。

「寛一さんも元気そうでなによりだ」

寛一と呼ばれた男が、琢ノ介を気にする。すぐさま紺右衛門が紹介する。

「平川さまですか。手前は寛一と申します。お見知りおきを」

「うむ、よろしくな」

「わしの見習いと称していますが、実のところは用心棒ですよ」

紺右衛門が言葉を添える。

「えっ、菱田屋さん、なにかあったのですか」

「まあ、ちょっとね」

紺右衛門が言葉を濁す。

「それにしても菱田屋さん、たいへんなことになりましたね」

「うむ」

紺右衛門が厳しい顔になる。

「寛一さん、詳しい話を聞かせてください」

「わかりました」

寛一がまた片田屋のほうを気にした。

「もっと人けのないところに移りましょう」

琢ノ介たちは近くの神社に入り込んだ。境内は冷え切っており、人影は夫婦連れらしい年寄りだけである。

「寛一さんはつまり、内通者とでも呼ぶべき者なのだな」

琢ノ介はわかったような口をきいた。

紺右衛門は知っておくべきことを事前に仕入れようとしているのだ。用意周到である。

「内通者はいいすぎですね。寛一さんは、うちを通して片田屋さんに奉公をはじめた人ですよ」

そういうことか、と琢ノ介は思った。

「おりえが逃げ出したとのことですけど、まちがいないのですか」

「はい、まちがいありません」

「そうですか。覚悟を決めて入った娘なのに。土性骨《どしょうぼね》もしっかりしていた。逃げ出すような娘には見えなかったがな」

実は、と寛一がいった。

「おりえさんのなにが気に入らなかったのか、店の者が折檻《せっかん》をしていたのですよ。手前はかわいそうでなりませんでしたが、どうすることもできませんでした。そのことを菱田屋さんにお知らせしようと思っていた矢先、おりえさんが逃げ出してしまったのです」

紺右衛門がうなずき、つぶやく。

「折檻か。約束がちがうな」

瞳に凄《すご》みのある光が宿った。琢ノ介を見つめる。琢ノ介は身を引きかけた。紺右衛門が目を和《やわ》らげる。

「うちから入れる女郎は大事に扱い、決して手を上げることのないように、と強くいってあります。それは書面でも取り決めてあるのです。片田屋さんはその約束を破っています」

「いろいろと注文をつけているというのは、そういうことも含まれているのだな」

「決して手を上げない。食事は滋養《じよう》のあるものをきっちりとる。しっかりと睡眠をとる。月に二度は休みをとる。芝居見物など息抜きをさせる。まあ、主なのはこのくらいですか」

琢ノ介は目を丸くした。

「片田屋はその条件をのんだのか」

「のんだからこそ、おりえは働きはじめたのですよ」

もしこれが本当に守られるのだとしたら、それは琢ノ介の頭にある女郎屋とはまったく異なるものである。

寛一を先に帰してから、紺右衛門は片田屋に乗り込んだ。座敷に通される。

「おう、菱田屋さん、待っていましたよ」

赤ら顔ででっぷりとした男があらわれた。どすんと音を立てて座る。柄のよくない男だが、押し出しはよい。歳はもう七十を過ぎているのではあるまいか。女たちの精気を吸っているのか、ずいぶんと元気だ。

「片田屋さんのご主人の小左衛門《こざえもん》さんですよ」

紺右衛門が琢ノ介に紹介する。小左衛門が琢ノ介に目を流してきた。

「菱田屋さん、そちらの方はどなたかな」

「平川さんといいます。手前の用心棒ですよ」

「えっ、菱田屋さんにかい」

「手前も悪さをしていますから、必要になったんですよ」

にやりと悪人のように笑ってみせた。

「いい人だと思っていたがな」

小左衛門が目をぎらつかせた。

「さて、おりえの件だ」

紺右衛門が顎を大きく上下させる。

「片田屋さん、おりえは約定の通り、大事に扱ってもらっていたのですか」

「もちろんだ。真綿でくるむように扱ったさ」

小左衛門は明らかな嘘をついた。

「さようですか」

なにか考えがあるようで、そのことに紺右衛門は触れなかった。

「では、書面でかわしたすべての約定は守ったということですね」

「ああ、そういうことだ」

「嘘はついていませんね」

「嘘は、世の中で一番きらいなものだ」

紺右衛門がうなずく。

「わかりました。おりえはこちらが必ず捜し出します」

「当然だな。おりえは五十両もの大金を払った上玉だ。連れ戻してくれねえと、こちとら、元を取れねえ。このままじゃあ、大損をこいちまう」

「きっと連れ戻します」

「もしできなかったら、五十両は耳をそろえて返してもらうぜ」

「よくわかっていますよ」

紺右衛門は片田屋をあとにした。

「どうする」

琢ノ介は、むずかしい顔をしている紺右衛門にきいた。紺右衛門は答えない。うなり声が聞こえた。

「どうした、急に」

「は、腹が痛くて」

「なんだって」

琢ノ介は紺右衛門を見た。顔を苦しそうにゆがめ、脂汗がにじみ出ている。

「すみません、こんなときに」

「いや、謝ることなどないぞ。医者に連れていく。この前の医者がいいな。なんといったか、あの医者は」

頭が混乱して、なにも出てこない。

「平川さま、先に駕籠をつかまえてください」

琢ノ介はすぐに辻駕籠を呼び止めた。遊郭帰りの客目当ての駕籠があって助かった。

「ああ、思い出した。療医庵だ。わかるか。あれは確か——」

「療医庵というと、丹研先生のところですね」

先棒《さきぼう》の男が琢ノ介をさえぎっていう。

「急患を何度か運んだことがあるから、わかりますよ」

「それは助かった。では、さっそく頼む」

「承知しやした」

駕籠が動き出した。

四半刻もかからず療医庵に着いた。すぐに琢ノ介は紺右衛門を診療部屋に担ぎ込んだ。

駕籠に揺られたのが逆によかったのか、先ほどより紺右衛門の顔色はよくなっている。

「どうした」

丹研が紺右衛門にきく。紺右衛門が症状を語る。

丹研が触診をする。首をかしげた。

「食あたりかもしれんな。少し様子を見ようかな」

助手に命じ、薬の処方をはじめさせた。助手が薬研《やげん》でごりごりと生薬《しょうやく》を押し砕いてゆく。同時に甘い香りが部屋に広がる。

助手が薬を紙袋に分けて入れ、丹研に差し出す。受け取った丹研が紺右衛門に渡す。

「これを飲めば腹痛はよくなるだろう。だが、しばらくは安静にしていたほうがよいな」

「わかりました」

代を支払い、紺右衛門が外に出た。琢ノ介はあたりに警戒の目を放った。

「菱田屋、駕籠に乗るか」

「ええ、できれば」

琢ノ介はちょうど通りかかった駕籠を呼び止め、紺右衛門を乗せた。

そのまま琢ノ介たちは菱田屋に帰った。

寝所に布団を敷き、紺右衛門を寝かせる。ありがとうございます、と紺右衛門が礼をいった。

「いや、当然のことだ」

脂汗は浮いていないが、顔色はあまりいいように見えない。

「おりえの件ですが、平川さんに一任します。どうかよろしくお願いします」

いきなりいわれて、琢ノ介は面食らった。

「わしがやるのか。どうしてわしなのだ。練達の番頭がいくらでもいるではないか」

「番頭たちには無理です。おりえを捜し出す仕事は平川さましかできません」

「おりえもわしが捜すのか」

「一任すると申し上げました」

「だが、わしに見たこともない娘の人捜しなどできるものか」

「大丈夫ですよ」

紺右衛門が微笑する。

「平川さまは賢いお方ですからね。石形屋でお見せになったような才覚を発揮できれば、必ず捜し出せましょう」

「そうかな」

「平川さま、自信をお持ちください」

「うむ、わかった。だがわしが出てしまうと、おぬしは一人になってしまう。あの浪人のことが不安だな」

「手前は体調が戻るまで休ませていただきます。店にいる限りは一人ではありません。大丈夫でございますよ。いくらなんでも、店のなかまで入り込みはしないでしょう」

「それならよいのだが」

琢ノ介は紺右衛門を見つめた。

「捜し出したあとは」

「平川さま、一任ですよ」

「わしの勝手にしてよいのか」

「さようにございます。そうだ。そこの簞笥の一番上の引出しをご覧になっていただけますか」

「これか」

琢ノ介は立ち上がり、引出しをあけた。

「帳面が入っておりましょう」

「うむ」

けっこうな厚みのある帳面だ。

「それをお渡ししておきます」

「なんだ、これは」

「おりえ捜しに役立つかもしれません。おりえが寮にいたときに一緒だった者の名簿です」

「見てもよいか」

「もちろんですよ。そのためのものですから」

琢ノ介は繰ってみた。大勢の娘の名がずらりと記され、加えて年齢、出身の町や村の名が書かれていた。二親の名もあり、好物まであった。

「おりえは――」

出羽の田川郡《たがわごおり》庄内《しょうない》の木内《きのうち》村の出で、歳は十七とある。今は十八だろうか。

「では平川さま、よろしくお願いいたします。期待しておりますよ」

「ああ、任せてくれ」

琢ノ介としてはそういうしかなかった。とにかく、まずはおりえを捜し出すことだ。それしかない。琢ノ介は腹をくくった。

五

必ず捜し出す。

かたく決意したはいいが、この広い江戸で、どこをどう捜せばおりえが見つかるというのか。

しかも自分は江戸生まれではないし、江戸育ちでもない。土地鑑がないわけではないが、それは小日向東古川町界隈だけだ。

途方に暮れる思いだ。

だが、やるしかないのだ。琢ノ介は腹に力を入れた。愚痴をこぼしてなどいられない。そんな暇があるなら、紺右衛門から借りた帳面を繰るべきだろう。

米田屋の跡を継いだとき、同じようなことが起きることは十分に考えられる。そのとき、人任せにはできない。自分で捜し出すしかないのだ。それに備えての予行としては、むしろいいことなのではないか。琢ノ介は前向きに考えることにした。

帳面をあらためて繰った。

江戸におりえの血縁はいない。これは確かだ。出羽の出というのが関わりあるのか、漬物が好物だ。特にいぶり漬というものが好きらしい。

食したことはないが、名なら琢ノ介も知っている。山桜の木でいぶしてつくると聞いたことがある。たくあんに近い漬物で、いぶりたくあんともいわれるはずだ。

家人は両親に三人の妹に二人の弟。六人兄弟か、と琢ノ介は思った。木内村が貧しいところなら、これだけの者を食べさせるのはむずかしいにちがいない。貧乏人の子だくさんというのは江戸でよく耳にする言葉だが、在所にも当てはまるということなのだろう。

琢ノ介は静かに帳面を閉じた。

片田屋をもう一度見たいと感じた。紺右衛門に断りを入れ、帳面を懐にして出かけた。紺右衛門には、平川さまのしたいようにしてくださいね、といわれた。

「したいようにといわれてもな」

片田屋をもう一度見たいのも、別に確たる理由があるわけではない。目にすれば、なにか浮かぶのではないかと期待してのことにすぎない。

深川までやってきて、片田屋の巨大な建物を眺めた。昼間だというのに、大勢の者が出入りしている。聞《き》こし召《め》している者が多い。酒のにおいがここまでしてきそうだ。三味線《しゃみせん》の音もする。昼間でこれだけ盛況なら、夜はどのような有様なのだろうか。

吉原のように堀をめぐらせてあるわけではない。だが、監視の目はきついだろう。

おりえが激しい折檻を受けたのはどうしてなのか。赤ら顔の小左衛門はいかにも悪党面だが、約定をたやすく破るようには見えなかった。おりえには前から逃げ出そうという気があり、一度見つかったことがあるのではないか。

いや、ちがう。もしそうなら、監視の目はさらに強まっているはずで、さすがに逃げ出すことはできないのではないか。折檻されたのは、ほかに理由があるのだろう。寛一も知らなかったようだが、それはなんだろうか。

琢ノ介は腕組みをし、片田屋を見つめた。

あのなかから、おりえは本当に一人で逃げ出したのか。力を貸した者はいないのか。いたのがわかれば、どこに逃げたかわかるかもしれない。

寛一に会いたいが、どうすればよいのか。下足番なら、なんとかなるだろうか。琢ノ介は片田屋に近づいていった。

ちょうど二人の客が登楼しようとしているところで、出入口に寛一の姿があった。なんとなくうろうろしていると、寛一が気づいた。

琢ノ介はすぐ近くの路地に姿を隠した。寛一がやってきた。

「ここだ」

琢ノ介は手招きした。寛一が寄ってきた。

「平川さま、あんなおおっぴらなやり方でなく、もう少し控えめな感じにできないのですか」

「まあ、よいではないか。見られたところでたいしたことはあるまい。もともと菱田屋から入ったということで、おぬしはなにかと目をつけられているはずだ」

「それはそうかもしれませんが、平川さま、用件をおっしゃってください」

「奉公人のなかで、おりえと親しくしていた者はいるか」

寛一は、打てば響くようにいった。

「逃げるのに手助けした者がいるとお考えになったのですね。いえ、奉公人にはいません。折檻されることに同情はしていましたが、手前も親しくはしていませんでした」

「女郎はどうだ。菱田屋から一緒に入った者もいるのだろう」

「いますが、逃げるのに手を貸すのは無理でしょうね」

「おりえにはなじみの客はいなかったのか。その男が手を貸したということは考えられるだろう」

「逃げ出した晩、おりえは休みの日でした。客は取っていませんよ」

次から次へだめを押される。

ないのか」

「好きな男の話を聞いたことはないか。おりえが逃げ出したのは、男のためじゃないのか」

「いたかもしれませんが、あっしは知りません」

そうか、と琢ノ介はいった。となると、おりえは本当に一人で逃げ出したのだろう。

「おりえはどうして折檻を受けていたのだ」

「客の扱いがよくないとかそういう理由だったようです」

「それで折檻されるのか」

「詳しいことはわかりません。あっしは下足番なんで。そろそろ戻ってもいいですか。客が来たようですし」

片田屋の出入口に向かう三人連れがいた。

「では、これで」

一礼した寛一が小走りに三人連れを追い越していった。片田屋の暖簾を払うと、寛一の姿はすぐに見えなくなった。

琢ノ介は片田屋とは逆の方向に歩き出した。

おりえはどこに行ったのか。おりえに男はいなかったのか。

少し疲れを覚え、琢ノ介は目についた茶店に入った。縁台に腰を下ろし、茶と饅頭《まんじゅう》を頼む。甘い物がほしかった。

饅頭をかじり、茶を喫した。両方ともあまりおいしくなかったが、少しは元気がでた。

そうだ、と琢ノ介は思い出し、懐にしまってある帳面を取り出した。寮に入っていた娘たちの名簿である。

このなかに、おりえと親しかった者はいないのか。名簿には、百人以上の娘の名が載っている。

繰りながらじっと見ているうちに、同じ出羽の出の者が何人かいることに気づいた。

「おっ、同じ郡の者もいるぞ」

村は異なるが、田川郡というのは同じだ。もしお互いがお互いの出身を知れば、親しくなることは十分に考えられる。

同じ田川郡出の娘はおきみといった。奉公先を知りたいが、これには記されていない。

琢ノ介は急いで菱田屋に戻った。紺右衛門に会おうと奥に行こうとして、奉公人に止められた。

「なんだ」

「しばらくお待ちください」

病人の様子を見に行くのだろう、仕方あるまい、と琢ノ介は思った。ときがもったいないので、剛吉を初めとする奉公人におきみの奉公先をきいたら、日本橋の旅籠《はたご》と知れた。そのまま菱田屋を飛び出そうとして、呼び止められた。

「旦那さまがお会いになるそうです」

「そうか、わかった」

紺右衛門の寝所に入った。紺右衛門は布団に横になっている。息づかいが荒い。顔色も少し青い。

「具合はどうだ」

「あまりよろしくありません」

「丹研先生を呼んだらどうだ」

「はい、薬を飲んで駄目でしたら、呼ぼうと思います」

「それがよかろうな」

琢ノ介は帳面を取り出し、おきみの名を指し示した。

「このおきみという娘がおりえと同郷だな。これから話をきいてこようと思う。それと、迂闊なことにきき忘れていたが、寮のなかでおりえと親しくしていた娘を、おぬし、知っているか」

「申し訳ありません」

紺右衛門が済まなげな顔になる。

「寮にいる娘たちともっと話をしておけばよかったのでしょうが、怠っていました」

「おぬしは忙しい身だ。それだけのときがなかろう。仕方あるまい」

「ときがないというのは、いいわけです。ときはあります。ひねり出す必要もありません。一日は無駄に過ごしているときのほうがはるかに多いのですよ」

「そういうものか」

「はい。平川さまも自覚されて動かれると、また日々がちがうものになるかもしれません」

「わかった。では、これからおきみに会いに行ってくる」

「よろしくお願いします」

菱田屋を出た。冷たい風が巻きついてくる。気温が下がったようだ。空にも雲が出ていて、太陽をさえぎっている。

雪になるかもしれんな。故郷では、こういう日は夕方あたりからたいてい雪が降ったものだ。

琢ノ介は日本橋にやってきた。

おきみが奉公しているのは君沢屋《きみさわや》といい、馬喰町《ばくろちょう》で旅籠を営んでいた。客は江戸見物などにやってくる者が多いようだ。君沢屋は掃除もとうに終わって、まだ夕方には少し間があり、どことなくのんびりとした風情だった。

おきみにはすぐに会うことができた。

「えっ、本当ですか」

おりえが逃げ出したと聞いて、おみきはひどく驚いた。目を丸くして琢ノ介を見ている。

「居所を捜しているのだが、おぬし、心当たりはないか」

「ありません」

即座に答えが返ってきた。おりえを見つけてほしくないのだな、と琢ノ介は覚った。

「そうか、おぬしも知らぬか」

「はい、すみません」

琢ノ介はむずかしい顔をし、横を向いてつぶやいた。

「このままでは、おりえはまずいことになるな。もしほかの者に見つかったら、そのまま番所行きだ。ただでは済むまいな。遠島になるかもしれぬ。もちろん、菱田屋も無事では済まされまい。それを防ぐことができるのはわししかおらぬが、誰もおりえの行方を知らぬという。困ったものよな」

琢ノ介は顔を上げた。おきみを見やる。

「では、これでな。奉公に精を出してくれ」

きびすを返し、さっさと宿を出た。

「あの、もし」

声が追いかけてきた。琢ノ介はゆっくりと振り返った。

「あの、平川さまとおっしゃいましたけど、もしおりえちゃんを見つけたら、その片田屋という女郎屋にすぐに戻すのですか」

目を光らせておきみが問う。

「うむ、そのつもりだ。それしか、今のところ手がない」

「そうですか、おりえちゃん……」

おきみがつぶやくようにいった。

「心配するな」

琢ノ介はにやりと笑った。

「わしに考えがある」

おきみが興味深げな顔を向けてきた。

「どんなお考えですか」

「よく聞くのだぞ」

琢ノ介はおきみに自らの考えを語った。

おきみの瞳がきらきらと光る。若い娘はこういうところがいいな、と琢ノ介は思った。この時分の娘というのは、光の衣をまとっているかのように輝く。顔がよくなくても、美しく見える。年増《としま》は年増でよいところがあるが、やはりちがう。

「本当にそうするおつもりですか」

おきみが確かめる。

うむ、と琢ノ介はうなずいた。

「わしを信じてくれ」

しばらくおきみは琢ノ介を見つめていた。

「わかりました。お話しします」

琢ノ介はほっとし、喜びを噛み締めた。

すぐにおきみが話しはじめた。

「おりえちゃんには好きな男の人がいるんです。これは寮にいるときに聞いたんですけど、同じ村の人なんですよ」

「名はきいたか」

「ええ、輝吉《てるきち》さんといいます」

「輝吉はどこにいる」

「なんでも、おりえちゃんよりも先に江戸に出てきて、漬物屋に奉公しているそうなんです。おりえちゃん、その店の名を何度も口にしていたから、まちがいありません」

そういえば、おりえは漬物が好物と帳面にあった。

「漬物屋というと、いぶり漬も扱っているのかな」

「さあ、それはどうか。輝吉さんは、故郷の漬物を扱っているからということで、そこに奉公しているのかもしれません」

「漬物屋の名は。場所はどこにある」

おきみが口にする。

「助かった」

琢ノ介は走り出そうとした。

「平川さま、約束は守ってくださいね」

琢ノ介は足を止めることなく振り返った。

「わしは約束は破らぬ」

一気に足を速めた。冷たい風を切ってゆく。それが心地よかった。

六

やってきたのは神田佐久間町《かんださくまちょう》である。

ここは、火事の多い町として知られている。そのために神田悪魔町と呼ばれることもあった。

佐久間町に住んでいる者は、この呼ばれ方をどう思っているのだろう。

町に入ってすぐに琢ノ介は『川神屋《かわかみや》』という看板を見つけた。

——あった。

小売りもしているようで、近所の女房らしい女たちがいそいそと寄っては、漬物を買い求めてゆく。

「そこの漬物はうまいのか」

店を出てきた女房を呼び止めた。

「ええ、おいしいですよ。このあたりじゃ一番ですね。あたしが漬けたのとは、比べものになりません。お侍もお買いになったらいかがです。ご内儀がお喜びになりますよ」

「そこまでいうのなら、買っていこう」

ふふ、と女房が笑う。

「素直ないい方」

「素直さがわしの取り柄だ」

琢ノ介は、ごめんよ、といって暖簾を払った。漬物の甘くて酸っぱいにおいがあたりに漂っている。食い気をそそられる。白い飯をがつがつとほおばりたくなる。

「いらっしゃいませ」

「ここはいぶり漬も扱っていると聞いて来たんだが」

「はい、扱っています。こちらです」

若い男が樽を両手で抱くようにして見せる。いかにも漬物を大事にしていると
いう感じだ。

「試しに少し召し上がりますか」

「よいのか」

「はい、もちろんですよ」

いぶり漬を一本取りだし、それを脇に置いてあるまな板の上にのせる。包丁を
使い、小さく切った。菜箸《さいばし》で小皿にのせ、箸を添えて差し出してきた。

「うむ、うまそうだな」

琢ノ介は口に持っていった。甘みが強く、いぶしてあるだけに香ばしさもあ
る。

「うむ、うまいな。飯とよく合いそうだ」

「はい、とまらなくなると思います。お客さまは、出羽のほうのお方ですか」

「近いが、ちがう」

「さようですか。どちらですか」

「北国は北国だ。おぬし、輝吉か」

「えっ」

男がぎくりとする。

「名を呼ばれたくらいで、どうしてそんなに驚くのだ」

男が喉を上下させた。

「いいえ、知らないお客さまからいきなり呼ばれたものですから。すみません」

「別に謝るようなことではない」

そういいながら、輝吉はおりえの居所を知っている、まちがいない、と琢ノ介は確信を抱いた。

さて、どうするか。

かまうまい。すぐさま決断した。ここは正面から突っ込むしかない。

「おりえはここだな」

「えっ、なんのことですか」

輝吉がとぼける。琢ノ介は苦笑した。

「おぬし、芝居が下手だな」

輝吉は、なんのことかわからないという顔を保とうとしている。

「輝吉、わしは菱田屋に頼まれておりえを捜している。菱田屋のことは知っているか」

「はい、いえ、知りません」

「とてもよい口入屋だ。そのことはどうやらおりえから聞いているようだが」

「いえ、聞いたことはありません」

「よいか、輝吉。決して悪いようにはせぬ」

琢ノ介は諭すようにいった。

「おりえを見つけたら、一度片田屋に戻すつもりでいるが、わしには考えがある。聞くか」

輝吉は迷っている。

「聞くだけならただだぞ」

「わかりました。うかがいます」

琢ノ介は、輝吉の形のよい耳に自分の考えを告げた。

「まことですか」

輝吉は半信半疑の顔だ。

「そのようなことができるのですか」

「やってみせる。任せておけ」

　琢ノ介は静かな口調できいた。

「おりえの居所を知っているな」

　輝吉はしばらく黙っていた。

「はい」

　観念したようにいった。

「どこだ」

「近所の神社にいます」

「この寒さにか」

「江戸の寒さは故郷に比べたら、たいしたことはありません」

「そうはいっても、やはり寒かろう」

　輝吉が小さくうなずく。

「手前はこの店に住み込みですし、かくまうようなところはありませんから」

「食事はどうしている」

「ご用聞きのときに持っていきます」

「かくまうのはよいが、これからどうするつもりだったのだ」

輝吉がうなだれる。

「なんとかしようと思っていましたけど、ときだけがずるずるとたってしまいました」

「神社はどこだ」

「案内します」

「店を離れても大丈夫か」

「旦那さまに断ってきます」

いったん奥に姿を消した輝吉が戻ってきた。一緒に神社に向かう。

「あれです」

ほんの二町ばかり行ったところで、こんもりとした杜《もり》が見えた。ずいぶんと緑が濃い。火伏《ひぶ》せの大銀杏《おおいちょう》が鳥居の横に立っている。

鳥居をくぐり、敷石を踏んで本殿に向かう。

「おりえちゃん」

輝吉が声をかけ、三段の階段をのぼる。

「輝吉さん」

女の声がし、格子戸に影がくっついた。

「あっ」

おりえが琢ノ介に気づいた。

「輝吉さん、人を連れてきたの」

おりえがぱっと格子戸から離れた。

「菱田屋さんの使いの人だよ」

輝吉が呼びかける。

琢ノ介は格子戸の前に立った。本殿の隅にうずくまる小さな影が見える。

「いま輝吉がいったように、わしは菱田屋の使いだ。決して悪いようにはせぬ。だから出てきてくれ。おきみが輝吉のことを教えてくれた。輝吉もわしを信じてくれた。おまえも信じてくれ」

影は動かない。

「おりえちゃん」

輝吉が落ち着いた声で静かにいった。

「このひとは平川さまとおっしゃるんだ。俺は信用できる人だと思う。それに、すばらしい考えをお持ちなんだよ。出てきて、平川さまからきいてみなよ。おりえちゃんもきっと喜ぶと思うよ」

「でも、結局は片田屋に連れ戻すんでしょ」

抑え気味ではあるが、甲高い声が琢ノ介の耳を打つ。

「連れてゆくつもりだ。だが、戻す気はない」

「どういうことですか」

不思議そうな声が発せられた。

「おりえ」

琢ノ介は静かに呼びかけた。

「わしに任せてみぬか」

影に動きはなかった。もっと言葉を費やさねば駄目なのかな、と琢ノ介が思ったとき影が立ち上がった。

おりえが格子戸を押しひらき、出てきた。

琢ノ介ははっとした。おりえの顔はきれいなものだが、足や手はあざだらけだ。

こいつは、と琢ノ介は怒りを覚えた。明らかに殴られた跡だ。

赤ら顔が目の前にいる。

小左衛門はにやにやしている。煙管《きせる》をつかい、煙を勢いよく吹き上げていた。

「よくこんなに早く見つけたものだ。平川さまとおっしゃいましたな、たいしたものだ。人捜しを生業にできますぜ」

「そんな気はない」

琢ノ介は小さく笑った。

「いささか疲れた」

「まあ、そうでしょうな。くたびれたという顔をしていなさる」

「おりえは確かに引き渡したぞ」

「ああ、確かに受け取りました。ありがたいこってす」

小左衛門のにやにや笑いは増すばかりだ。

「さて、あるじ」

琢ノ介は呼びかけた。

「おりえを引き取らせてもらうぞ」

朗々とした声で宣した。小左衛門がいぶかしげな顔をする。

「なにをおっしゃっているんで」

「おぬしはおりえに乱暴をはたらいた。このあざがなによりの証拠だ」

琢ノ介はおりえの袖をめくってみせた。

「これでは約束がちがう。手を上げぬというのが約定の一つだ。おぬしは約定を破った。ゆえに、おりえはわしが引き取る。ここに置いておくわけにはいかぬ。下手をすると、殺されるかもしれぬゆえな」

「冗談じゃねえ。おりえには五十両もの大金を払っているんだ」

小左衛門の口振りが一変した。

「ならば、なにゆえ乱暴した」

「そのあざをつけたのがわしらだって、おめえさん、どう明かすんだ」

「その煙管をよこせ」

「なんだと」

「よこせといっているのだ」

琢ノ介の気迫に押され、しぶしぶ煙管を差し出してきた。

「これはおぬしのだな」

「当たり前だ」

「雁首《がんくび》のところに傷がある。見えるか」

琢ノ介は煙管を小左衛門に見せつけた。

「ああ、よく知っているよ」

「斜めに走っている傷だ。そうだな」

「うむ」

「おりえのこの手の傷を見ろ。ちょうどこの雁首の大きさの傷だが、斜めにうっすらと浮き上がった別の傷があるのが見えるだろう。これはこの煙管でやられたという証になる。ちがうか」

小左衛門がいまいましげにおりえの傷跡を見やる。

「返しな」

琢ノ介から煙管を受け取ると、小左衛門がいった。

「客に、まるで人形を抱いているようだっていわれたんでね、もっと愛想よくするようにいったんだが、この娘、いうことをききゃあしねえ」

「とにかく約束を破ったのはおまえたちだ。おりえは連れてゆく」

「だったら、五十両、返してもらおうか」

「その気はない」

小左衛門が顔をゆがめる。

「五十両を全額返せとはいわねえ。おりえが稼いだ分は引かせてもらおうじゃねえか。二十五両でどうだ」

懐に三十一両ある。だが、琢ノ介に出す気はなかった。この者たちに金をやる気など、さらさらない。そのことを琢ノ介は告げた。

「てめえ」

小左衛門が怒りをみなぎらせる。

「下手《したて》に出れば、つけあがりやがって。おい、野郎ども、出てこい」

その声に応え、片田屋の者たちがざざっと座敷に躍り込んできた。十人以上いる。いずれも殺気を放つ、命知らずの荒くれ者たちである。匕首を手のうちに握り込んでいる。

琢ノ介は覚悟を決めた。ここで斬り死にしてもよい。おりえをうしろにかばう。

「半殺しにしてやんな。そのあとは簀巻《すまき》だ」

小左衛門が顎をしゃくる。匕首を振りかざし、一人が突っ込んできた。

琢ノ介は刀に手をかけた。鯉口を切ろうとしたとき、不意に光右衛門の言葉が耳を打った。

刀を捨てられますか――。

ここで刀を振るうのはたやすい。叩きのめすのにも手間はかからないだろう。

だが――。

わしは米田屋を継ぎ、おあきや祥吉を守ると光右衛門に誓ったではないか。

今ここにいるわしは用心棒ではない。口入屋だ。その覚悟の証をたてねばならぬ。

琢ノ介は抜刀せずに身構えた。

匕首をかわし、腹に拳を叩き込んだ。うっとうなって男が倒れる。

次の男の匕首をぎりぎりでよけ、顔を殴りつけた。三人目の男には肘打《ひじう》ちを見舞った。左から来た男を蹴りつけたとき、右側から切りつけられて、肩に傷を負った。

――わしは馬鹿かな。いや、そうではない。覚悟のほどを見せてやる。

「平川さまっ」

おりえが悲鳴を上げる。

「案ずるな、こんな連中にやられはしない」

匕首を腰だめに突進してきた男の顔を膝で蹴り上げた。右から匕首を振り下ろしてきた男は顎に拳を見舞った。自分の拳も痛かったが、男はこんにゃくのように体を折り曲げて失神した。

さらに右から来た男には手刀を肩に浴びせた。正面からの男は体を回しざま、肘を顔にぶつけていった。がつ、と鈍い音が立ち、男が崩れ落ちた。

「平川さまっ」

またおりえが声を出した。背後から男が襲いかかってきた。おりえの前に出た。匕首が腕をかすめ、血が噴き出た。かまわず拳を突き出した。男の鼻をとらえた。鼻血が勢いよく散り、男が視野から消えていった。

それからなおも三人を倒した。

気づくとあたりは静かになっていた。聞こえるのは、畳に倒れ込み、這いつくばっている男たちのうめき声だけだ。

小左衛門は声がない。立ちすくんでいる。

「おい、まだやるか」

小左衛門がぶるぶると首を振る。

「さて、この始末、どうつける」

小左衛門が音をさせて唾をのむ。

「しょ、しょうがねえ。平川さま、ここは五両だけでもいただけませんかね」

「それで顔が立つのだな」

「へ、へい」

「わかった」

琢ノ介は巾着から五両を取り出した。

「小判ではないぞ。使いやすい一朱銀だ。うれしいか」

「へ、へい。うれしゅうございます。へい」

「受け取れ」

「へい」

小左衛門は腰をかがめて受け取った。琢ノ介は小左衛門に一筆書かせた。

「では、おりえを引き取らせてもらうぞ」

「へい、ご随意に」

琢ノ介はおりえを連れて片田屋を出た。

「血が出ています」

「痛くもかゆくもない。これしきの傷、たいしたことはない。心配するな」

だが、しばらくしたら痛みが襲ってきた。

「いててて」

菱田屋に戻る途中、医者の看板を見つけて飛び込んだ。

七

紺右衛門が光右衛門を見舞いたいという。

「地所の件は持ち出しませんから、ご安心を」

「まことだな」

「はい、手前は嘘は申しません」

琢ノ介も顔を見たかった。おあきにも会いたい。

「よし、行くか」

久しぶりに米田屋の敷居をまたいだ。

「おう、直之進ではないか」

「傷を負っているな、どうした」

「いろいろとあってな」

医者の雄哲もいた。雄哲は光右衛門を診ていた。狷介《けんかい》さが消え、ずいぶんと穏やかな風貌になっている。なにがあったのだろう、と琢ノ介は思った。

処方された薬を光右衛門が苦い顔で飲み干していた。

琢ノ介と紺右衛門は布団のそばに座った。

「米田屋さん、合格ですよ」

紺右衛門がいきなりいった。

「本当かい」

光右衛門は満面の笑みだ。

「なんのことだ」

琢ノ介は光右衛門にただした。

「すべて芝居だったのですよ」

「芝居とは、なんだ」

「平川さまをお呼びし、おあきと一緒になるのか、手前はききましたな」

「うむ、覚えているぞ」

「あれは平川さまのお覚悟を見定めようとしたのですよ。口入れ稼業にもし命を懸ける気合が感じ取れれば、菱田屋さんの用心棒の話は、はなからしないつもりでした。手前は不満でした。菱田屋さんの使いがちょうど店に来ているのはわかっていました。断るつもりなら断れました。しかし、そのまま話を進めさせていただきました」

つまり、と琢ノ介は声を絞り出した。

「すべては、米田屋と菱田屋が仕組んだことだったのか」

「さようです。とにかくこの米田屋を継ぐことになる平川さまの覚悟のほどを見たかったのです」

光右衛門が息をつく。

「しかし手前は、もうとうに手前どもの企みがばれているものと思っていましたよ。平川さまは意外に粗忽者《そこつもの》ですなあ」

「そんなことはありませんよ、米田屋さん」

紺右衛門がやんわりと首を振る。

「平川さまは実にしっかりなさっています。店を任せても大丈夫ですよ」

紺右衛門が太鼓判を押す。

「手前は、平川さまの覚悟のほどをしっかりと見届けましたよ。そうだ、もうこれは不要でございますね」

紺右衛門が懐から証文を取り出した。目の上に掲げ、音を立てて破る。

「あっ、それは」

琢ノ介は目をみひらいた。おあき、おきく、おれんの三人も同様だ。

「ええ、こちらの地所の証文ですよ。いうまでもないでしょうが、作り物です」

紺右衛門がぬけぬけといった。

「では、この地所はもともと米田屋のものなのか」

「さようですよ」

紺右衛門があっさりとうなずく。

「できれば、手前は手に入れたかったのですが、そういうわけにもまいりませんな」

全員がほっとした顔をしている。おきくもおれんもおあきも祥吉も楽しそうだ。

「よかったなあ、琢ノ介」

直之進も笑いを弾けさせている。

「よかったなあではないわ。わしは心配で眠れんかったぞ。この店がなくなってしまうのではないかと」

とはいえ、直之進がとびきりの笑顔を見せてくれたことが琢ノ介にはうれしかった。

ふと気づいた。

「直之進、おぬし、もしやすべて知っていたのではあるまいな」

「知っていた。すまぬ」

「平川さま、湯瀬さまをお責めにならないでください。すべては手前が頼んだことなのです」

光右衛門が頭を下げる。

「なるほど、直之進は甘いからな、わしの手助けをさせぬよう、米田屋が釘を刺したのだな」

「うむ、そういうことだ」

直之進が深くうなずいた。

「だからわしが相談を持ちかけたときに、あんなに冷たかったのか」

「俺も心苦しかった。琢ノ介、許せ」

「許すもなにもない」

琢ノ介は豪快に笑った。

それにしても、いかに光右衛門が紺右衛門を信頼しているかがよくわかった。

偽の証文とはいえ、本物の判を捺《お》しているのだ。もし紺右衛門がこれは本物です、地所は自分のものです、といえば、本当に取り上げることもできたのである。

「ああ、そうだ。平川さま、いい忘れていましたが、皿木さまのお母上は、寮の娘たちの母親役になることを受けてくださいましたよ」

紺右衛門が笑顔でいった。

「それはよかった」

「琢ノ介、ほかにもよいことがある」

直之進が笑みをたたえていった。

「この雄哲先生がこれからも米田屋を診てくれるそうだ」

琢ノ介は雄哲を見つめた。最初に会ったときはいやな医者だと思ったが、どうやら直之進が雄哲の心をつかんだのだろう。

このあたりはさすが直之進としかいいようがない。

「そうか、おぬしを狙っていた浪人者も企みのうちだったか」

紺右衛門が頭を下げる。

「はい、申し訳ございません」

「あれは誰だ」

「以前、うちが用心棒の仕事を紹介させていただいたことのあるお方です。今はさる道場の師範代をなさっています」

「どうして命を狙われる芝居をする必要があった」

「平川さまが常に手前と一緒にいるためには、用心棒についていただくのが最善の手立てだったからです」

それはそうだなと琢ノ介は思った。

「腹痛はどうだ、あれは仮病か」

「はい、申し訳ありません」

「おぬし、芝居がうまいな」

「はい、丹研先生もだませました」

とにかくすべて終わったのだ。

琢ノ介は大きく息をつき、光右衛門に目を転じた。

好々爺のように、にこにこしている。

これで光右衛門の病が治ったら万々歳なのだが、果たしてどうだろうか。

相変わらず顔色はあまりよいとはいえない、琢ノ介は、今だけはいいように考えることにした。

そのほうが人は幸せだ。
なるようにしかならないのなら、笑っているほうがずっといい。

この作品は双葉文庫のために書き下ろされました。

双葉文庫

す-08-23

口入屋用心棒《くちいれやようじんぼう》

身過《みす》ぎの錐《きり》

2012年7月15日　第1刷発行
2023年2月20日　第4刷発行

【著者】
鈴木英治《すずきえいじ》

【発行者】
箕浦克史
【発行所】
株式会社双葉社
〒162-8540 東京都新宿区東五軒町3番28号
［電話］03-5261-4818（営業部）　03-5261-4868（編集部）
www.futabasha.co.jp（双葉社の書籍・コミックが買えます）
【印刷所】
株式会社新藤慶昌堂
【製本所】
株式会社若林製本工場
【カバー印刷】
株式会社久栄社
【フォーマット・デザイン】
日下潤一

ISBN978-4-575-66570-3 C0193
Printed in Japan

秋山香乃
からくり文左 江戸夢奇談
風冴ゆる
長編時代小説〈書き下ろし〉
入れ歯職人の桜屋文左は、からくり師としても類まれな才能を持つ。その文左が、八百八町を震撼させる難事件に直面する。シリーズ第一弾。

秋山香乃
からくり文左 江戸夢奇談
黄昏に泣く
長編時代小説〈書き下ろし〉
文左の剣術の師にあたる徳兵衛が失踪した日の夕刻、文左と同じ町内に住む大工が、酷い姿で堀に浮かぶ。シリーズ第二弾。

秋山香乃
伊庭八郎幕末異聞
未熟者
長編時代小説〈書き下ろし〉
心形刀流の若き天才剣士・伊庭八郎が仕合に臨んだ相手は、古今無双の剣士・山岡鉄太郎だった。山岡の〝鉄砲突き〟を八郎は破れるのか。

秋山香乃
伊庭八郎幕末異聞
士道の値《あたい》
長編時代小説〈書き下ろし〉
江戸の町を震撼させる連続辻斬り事件が起きた。伊庭道場の若き天才剣士・伊庭八郎が、事件の探索に乗り出す。好評シリーズ第二弾。

秋山香乃
伊庭八郎幕末異聞
櫓《ろ》のない舟
長編時代小説〈書き下ろし〉
サダから六所宮のお守りが欲しいと頼まれ、府中まで出かけた伊庭八郎。そこで待ち受けていたものは……!? 好評シリーズ第三弾。

鈴木英治
口入屋用心棒1
逃げ水の坂
長編時代小説〈書き下ろし〉
仔細あって木刀しか遣わない浪人、湯瀬直之進は、江戸小日向の口入屋・米田屋光右衛門の用心棒として雇われる。好評シリーズ第一弾。

鈴木英治
口入屋用心棒2
匂い袋の宵
長編時代小説〈書き下ろし〉
湯瀬直之進が口入屋の米田屋光右衛門から請けた仕事は、元旗本の将棋の相手をすることだったが……。好評シリーズ第二弾。

鈴木英治

口入屋用心棒10

雨上《あめあが》りの宮《みや》

長編時代小説〈書き下ろし〉

死んだ緒加屋増左衛門の素性を確かめるため、探索を開始した湯瀬直之進。次第に明らかになっていく腐米汚職の実態。好評シリーズ第十弾。

鈴木英治

口入屋用心棒11

旅立ちの橋

長編時代小説〈書き下ろし〉

腐米汚職の黒幕堀田備中守を追詰めようと策を練る直之進は、長く病床に伏していた沼里藩主誠興から使いを受ける。好評シリーズ第十一弾。

鈴木英治

口入屋用心棒12

待伏せの渓《たに》

長編時代小説〈書き下ろし〉

堀田備中守の魔の手が故郷沼里にのびたことを知り、江戸を旅立った湯瀬直之進。その道中、直之進を狙う罠が……。シリーズ第十二弾。

鈴木英治

口入屋用心棒13

荒南風《あらはえ》の海

長編時代小説〈書き下ろし〉

腐米汚職の真相を知る島丘伸之丞を捕えた湯瀬直之進は、海路江戸を目指していた。しかし、黒幕堀田備中守が島丘奪還を企み……。

鈴木英治

口入屋用心棒14

乳呑児《ちのみご》の瞳《め》

長編時代小説〈書き下ろし〉

品川宿で姿を消した米田屋光右衛門の行方をさがすため、界隈で探索を開始した湯瀬直之進。一方、江戸でも同じような事件が続発していた。

鈴木英治

口入屋用心棒15

腕試しの辻

長編時代小説〈書き下ろし〉

妻千勢が好意を寄せる佐之助が失踪した。複雑な思いを胸に直之進が探索を開始した矢先、千勢と暮らすお咲希がかどわかされかかる。

鈴木英治

口入屋用心棒16

裏鬼門《うらきもん》の変

長編時代小説〈書き下ろし〉

ある夜、江戸市中に大砲が撃ち込まれる事件が発生した。勘定奉行配下の淀島登兵衛から探索を依頼された湯瀬直之進を待ち受けるのは!?

鈴木英治

口入屋用心棒 17 火走《ひばし》りの城

長編時代小説〈書き下ろし〉

湯瀬直之進らの探索を嘲笑うかのように放たれた一発の大砲。賊の真の目的とは？ 幕府の威信をかけた戦いが遂に大詰めを迎える！

鈴木英治

口入屋用心棒 18 平蜘蛛《ひらぐも》の剣

長編時代小説〈書き下ろし〉

口入屋・山形屋の用心棒となった平川琢ノ介。あるじの警護に加わって早々に手練の刺客に襲われた琢ノ介は、湯瀬直之進に助太刀を頼む。

鈴木英治

口入屋用心棒 19 毒飼《どくが》いの罠

長編時代小説〈書き下ろし〉

婚姻の報告をするため、おきくを同道し故郷沼里に向かった湯瀬直之進。一方江戸では樺山富士太郎が元岡っ引殺しの探索に奔走していた。

鈴木英治

口入屋用心棒 20 跡継ぎの胤《たね》

長編時代小説〈書き下ろし〉

主君又太郎危篤の報を受け、沼里へ発った湯瀬直之進。跡目をめぐり動き出した様々な思惑、直之進がお家の危機に立ち向かう。

鈴木英治

口入屋用心棒 21 闇隠《やみがく》れの刃

長編時代小説〈書き下ろし〉

江戸の町で義賊と噂される窃盗団が跳梁するなか、大店に忍び込もうとする一味と遭遇した佐之助は、賊の用心棒に斬られてしまう。

鈴木英治

口入屋用心棒 22 包丁人の首

長編時代小説〈書き下ろし〉

拐かされた弟房興の身を案じ、急遽江戸入りした沼里藩主の真興に隻眼の刺客が襲いかかる！ 沼里藩の危機に、湯瀬直之進が立ち上がった。

鈴木英治

口入屋用心棒 23 身過《みす》ぎの錐《きり》

長編時代小説〈書き下ろし〉

米田屋光右衛門の病が気掛りな湯瀬直之進は、高名な医者雄哲に診察を依頼する。そんな折、平川琢ノ介が富くじで大金を手にするが……。